g

*El Garbell*
*14*

Coordinadors de la col·lecció:

Glòria Casals
Manuel Llanas
Ramon Pinyol i Torrens
Llorenç Soldevila

*Josep Carner*

# *El cor quiet*

A cura de Lluís Calderer

REMEI PÉREZ

GENER 91

**edicions 62**

*Barcelona*

Coberta de Loni Geest i Tone Hoverstad.

Primera edició (dins «El Garbell»): octubre de 1984.
Sisena edició: febrer de 1990.

Edicions 62 s|a., Provença 278, 08008-Barcelona.

Imprès a Libergraf s/a., Constitució 19, 08014-Barcelona.
Dipòsit legal: B. 6.860 - 1990.
ISBN: 84-297-2189-4.

## *VIDA I OBRA*

Josep Carner va néixer l'any 1884 a Barcelona. Als dotze anys publica poemes i articles a la revista «L'Aureneta». El 1897, acabat el batxillerat, comença les carreres de Dret i Filosofia i Lletres. És en aquests anys universitaris quan s'inicia l'amistat entranyable i constant amb Guerau de Liost.

La literatura és, però, l'activitat a què es dedica d'una manera més intensa i apassionada. D'ençà de l'any 1904, en què s'edita el seu primer volum de versos: *Llibre dels poetes*, Carner lluita aferrissadament per esdevenir un professional de les lletres. Tot i les múltiples activitats que l'ocupen: direcció editorial, periodisme, traducció, secretari de la secció filològica de l'Institut d'Estudis Catalans —a part les més específicament creatives com la poesia i el teatre—, la migradesa dels recursos crematístics és una de les causes que l'empenyen, l'any 1921, a fer oposicions al cos consular.

Des de l'any següent fins al 1938, exercí com a vicecònsol a Gènova, com a cònsol a San José de Costa Rica, Le Havre, Hendaia, Beirut, i de secretari d'ambaixada a Brussel·les. La fidelitat de Carner al govern de la República posà fi a la seva carrera diplomàtica. El 1939 es trasllada a Mèxic, on treballa com a professor a la Facultat de Filosofia i Lletres fins al 1945, data del seu retorn a Europa. D'ençà d'aleshores, i durant tres anys, forma part del Govern de la Generalitat a l'exili. Després, s'instal·la a Brussel·les, on serà professor de la Universitat Lliure fins a la seva jubilació.

Aquest llarg periple internacional no implicà mai el desarrelament de la seva terra. Al contrari; a més de la fidelitat a la llengua, la correspondència amb els amics, la publicació de llibres, i la seva influència en determinats fets —com, per exemple, la creació d'Acció Catalana—, ell, sempre, i molt profundament, la va enyorar. L'actitud i l'actuació de Carner amb posterioritat a la guerra civil convertiren la seva figura en un símbol de resistència, de supervivència d'una nació, d'una cultura que el feixisme pretenia de liquidar. Aquest enyor, acrescut pel pas dels anys, el portà de nou a la pàtria, on va fer una breu estada, l'any 1970. Dos mesos després, el 4 de juny, morí a Brussel·les.

L'obra escrita de Josep Carner presenta diverses modalitats. Excel·lí com a traductor al català d'autors com: Shakespeare, Molière, Dickens, Mark Twain, Andersen, Villiers de l'Isle Adam, La Fontaine, Defoe, Thackeray, Lewis Carroll, La Bruyère...

Es dedicà al teatre d'una manera molt intermitent. A principis de segle (1905-1906) escriví tres obres breus per als espectacles Graner. De la producció posterior cal remarcar: *El giravolt de maig* (1928), llibret per a una òpera, a la qual posà música Eduard Toldrà, *El ben cofat i l'altre* (1951) i *Cop de vent* (1966).

La seva obra en prosa s'inicia amb *L'idil·li dels nyanyos* (1903), *Deu rondalles de Jesús infant* (1904) i *La malvestat d'Oriana* (1910), pastitx de novel·la medieval. Els llibres següents són reculls d'articles i de contes dels que prèviament havia publicat a les pàgines de la premsa barcelonina: *Les planetes del verdum* (1918), *La creació d'Eva i altres contes* (1922), *Les bonhomies* (1925) i *Tres estels i un ròssec* (1927).

Pel que fa a la poesia, la publicació, ja esmentada, del *Llibre dels poetes* (1904), seguida del *Primer llibre de sonets* (1905), més *Els fruits saborosos* (1906) i el *Segon Llibre de sonets* (1907), imposaren la vàlua de Carner com a poeta. Fins al 1911, no publicà cap altre llibre de versos; aleshores fou *Verger de les galanies*, al qual segueixen *Les monjoies* (1912), *Auques i ventalls* (1914) i *La paraula en el vent* (també de 1914). Aquest segon grup constitueix el que s'anomena la seva primera plenitud, la qual té una magnífica continuïtat en *Bella terra, bella gent* (1918) i *L'oreig entre les canyes* (1920).

Ja fora de Catalunya, Josep Carner preparà *La inútil ofrena* (1924), antologia de poesies d'amor ja publicades més algunes d'inèdites. El primer llibre del tot nou és *El cor quiet* (1925). Des d'ara, la publicació esdevé més espaiada. En efecte, *El veire encantat* no surt fins l'any 1933. Seguiran *Lluna i llanterna* (1935) «represa de temes xinesos», i *La primavera al poblet* (també de 1935). En plena guerra, l'any 1938, escriu, a París, el poema narratiu *Nabí*, publicat per primera vegada l'any 1941 a Buenos Aires.

Els llibres posteriors són de poemes vells revisats més alguns altres d'inèdits. Així, *Paliers* (1950), *Llunyania* (1952) i *Arbres* (1953). El 1957, es publica a Barcelona *Poesia*, resultat de la revisió a què Carner va sotmetre tota la seva obra poètica anterior. Amb posterioritat a aquesta data, publica encara dos llibres de versos nous: *Museu zoològic* (1963) i *Bestiari* (1964). I, finalment, *El tomb de l'any* (1966), on, altra vegada, alternen poemes vells revisats i poemes nous.

L'any 1968 aparegué un volum d'*Obres completes* que no recull pas tots els escrits de Carner. Per això cal esmentar alguns llibres publicats posteriorment. En primer lloc, *Teoria de l'ham poètic* (1970), en el qual s'apleguen textos dispersos de diverses èpoques, molt importants, sobre poesia, cultura i l'art de la traducció. *Del Pròxim Orient* (1973) està format per una sèrie d'articles que aparegueren a «La Publicitat» de Barcelona entre 1935 i 1936.

Un caràcter merament erudit i històric té *Escrits inèdits i dispersos de Josep Carner (1898-1903)*, volum I: *Poesia* (1974). Aquest mateix any es publiquen *Proverbis d'Ací i d'Allà*, versions i recreacions en les quals treballà Carner els darrers anys de la seva vida. El 1978 apareix *El cavall encantat i altres contes*, textos infantils que es publicaren a la revista «Virolet» entre 1924 i 1926. El volum II: *Prosa*, del *Escrits inèdits*, surt el 1984, i l'any següent, *Prosa d'exili (1939-1962)*. Un altre recull de textos de Carner, *El reialme de la poesia*, es publica el 1986.

## *LA POESIA PRIMERENCA DE CARNER*

En la poesia més primerenca de Josep Carner hi ha la influència del romanticisme, sobretot en les modalitats castellana i francesa. Més endavant, ja ben bé a finals del segle XIX, principis del XX, es fa molt remarcable l'oscil·lació entre les dues tendències aleshores dominants en la poesia catalana. D'una banda, l'espontaneisme i el culte a la «paraula viva» derivat de les teories de Joan Maragall i, de l'altra, la vinculació als moviments simbolistes, parnassians i pre-rafaelites, que podem caracteritzar amb l'obra de Jeroni Zanné.

En un moment determinat, Carner i altres poetes joves, entre els quals hi havia Guerau de Liost, decidiren d'obrir un camí nou que no fos, però, el rebuig dels altres dos, sinó una síntesi. Es tractava d'aconseguir l'equilibri entre «forma» i «instint». Dit d'una altra manera: que l'obsessió i el culte a la forma en ella mateixa no degenerés en la deshumanització; i que els aspectes humans no fossin tractats de qualsevol manera sinó amb un gran rigor formal. En aquest sentit, és del tot coherent que el nou grup adoptés el magisteri de Miquel Costa i Llobera i establís contactes amb l'Escola Mallorquina.

Un altre aspecte bàsic, i aleshores transcendental, fou l'actitud respecte a la llengua. I ells s'adheriren d'una manera incondicional al moviment que tenia com a màxima figura Pompeu Fabra. Unes paraules d'ell ens en faran veure de seguida el sentit: «L'ideal que perseguim no és la resurrecció d'una llengua medieval, sinó formar la llengua moderna que fóra sortida de la nostra llengua antiga sense els llargs segles de decadència literària i la supeditació a una llengua forastera.»

Des del punt de vista temàtic, hi ha dues aportacions notables. En primer lloc, el tractament de la natura. En antítesi radical amb la visió tremendista d'alguns escriptors modernistes, es reprèn l'aire plàcid, idíl·lic dels clàssics llatins. El poeta és ara l'home de ciutat que imposa un ordre al caos. I és, precisament, la incorporació de la ciutat com a tema poètic, l'altra aportació de què parlàvem. Ara, el tractament tendeix a subratllar-ne els aspectes positius. No en va es tracta d'una generació amarada d'un gran impuls creador i constructiu. En tot cas, la nota crítica passarà pel filtre de la ironia o es dispararà amb la sàtira.

Aquests són, bàsicament, els trets més definidors de l'estètica anomenada Arbitrària o Noucentista. L'adhesió dels poetes fou més o menys intensa, segons els casos, i tingué més o menys durada. Pel que fa a Carner podríem dir que és un punt de partida, ben dolç, certament, a partir del qual, i sense ruptures sobtades ni radicals, va afermant la seva personalitat.

La data que es considera inaugural del moviment és l'any 1906, el de la publicació d'*Els fruits saborosos*, llibre que en mostra la vessant idíl·lica i neoclàssica. Al costat de la ironia i la sàtira, de la construcció de la Catalunya ideal, cal posar-hi com a plenament representatius: *Auques i ventalls* (1914) i *Bella terra, bella gent* (1918).

«Però lentament —diu Joaquim Folguera a *Les noves valors de la poesia catalana*— s'elaborà en ell una evolució, aquesta vegada doble, cap a la modulació legítimament italiana de la forma, i cap al finíssim romanticisme dels poetes anglesos, en l'esperit: una dolça però tensa eufonia de vocalització i una atenció aristocràtica pels paisatges de l'ànima humana. Aquesta evolució, que no té en realitat una partió concreta, es fa definida en el llibre *Monjoies*, publicat l'any 1912, amb el qual entra definitivament la poesia catalana en una majoria d'edat absoluta.» En aquest sentit, però, hi ha un altre llibre encara més decisiu: *La paraula en el vent* (1914). És un llibre de síntesi i plenitud, on (tornem a citar Folguera) «l'esperit joguiner del poeta es converteix (...) en una profunditat apassionada i en una admirable nuditat moral».

## *«EL COR QUIET»*

1925. Carner ha arribat als quaranta-un anys. En fa tres que és fora de Catalunya. Tot i el gran buit que ha deixat en molts aspectes, el lector corrent no el troba a faltar. El 1922 s'ha publicat *La creació d'Eva i altres contes*; el 1923, *L'àngel de les vuit* (un poema il·lustrat per Josep Obiols); el 1924, *La inútil ofrena*, antologia de poemes d'amor ja publicats en llibres anteriors, però amb alguns de nous. Hi escriu un pròleg molt important, titulat *Ell*. És un autoretrat de si mateix com a poeta fet com si parlés d'un altre.

Fins al 1924 ha viscut a Gènova (sobre aquesta etapa hi ha un *Homenot* molt interessant de Josep Pla). Ara és a San José de Costa Rica. Envia articles sobre aquest país a «La Veu de Catalunya». I, pel que fa als llibres, l'any 1925 és el de la publicació de *Les bonhomies*, la traducció del *Robinson Crusoe*, de Daniel Defoe, i un volum de poemes nous: *El cor quiet*.

Va ser imprès a la Tipografia Empòrium, a càrrec de l'Editorial Políglota; consta de 83 poemes, els quals es reparteixen en cinc seccions: «Les nits» amb 10 poemes; «Els arbres», 11; «Les estampes», 44; «Les adreces», 7; i «L'assenyament», 11.

El 23 de juny Josep M. de Sagarra publica un article sobre el llibre: «Fruita i literatura» (recollit a la segona edició de *Cafè, copa i puro*, Barcelona, 1965). Tomàs Garcés en fa un altre per a «La Publicitat» (30-VII-1925). L'any següent, Josep M. Capdevila en parla a l'estudi sobre Josep Carner dins *Poetes i crítics* (Barcelona, 1926), i Marià Manent a la «Revista de poesia» (núm. 7, 1926). Aquest darrer diu: «La poesia de Carner va donant-nos, de mica en mica, una sensació d'infinit. Crèieu veure'n els límits, i cada nou llibre ens revela un nou encís, unes perspectives insospitades.» I, més endavant: «És, comparant aquesta visió amb la d'altres llibres del poeta, un lirisme, com si diguéssim, més transigent, on la bellesa conviu amb aspectes de la realitat que abans haurien estat exclosos dels seus versos.»

## *TEMES*

### a) «*Les nits*»

Al primer poema d'aquesta secció, «Nocturn», trobem el poeta encarat al misteri de l'univers. ¿És cert tot allò que ell veu més enllà de l'aparença de les coses? ¿O és un engany? El text es desplega en una sèrie d'angoixosos interrogants que arriben fins a posar en dubte la pròpia identitat. La condició de l'home, impotent per arribar a una última certesa, es dreça com un «mur de fang» amarat de «lassa i espectral malenconia».

La nit —el poeta vetlla quan els altres dormen— propicia l'atansament al misteri. El canvi que la foscor provoca en la visió de les coses és descrit a les primeres estrofes de «Perdut en mon jardí». Aquesta nova dimensió de la realitat provoca un trasbals en la consciència del poeta: «És potser la follia qui em voreja?» Aleshores arribem al clímax de la composició: la presència del passat propi es converteix en una mena de viatge al·lucinant, en el qual remunta els segles fins a l'abís dels orígens de l'espècie. Ací, apunta un tema que Carner desenvoluparà en obres posteriors: el de «tant d'ésser pugnant per ésser déu».

Al final d'aquest poema apareix la figura de Jesús, que refà al poeta del seu ànim abaltit. El tema de la fe religiosa ja ha sortit abans, lligat amb el tema de la mort («Proximitat de la mort»). I hi ha, encara, tot un poema dedicat «A Jesús». Des de la crisi, «què en sabem del viure i del morir», la presència de Déu, massa oblidada en l'impuls de la joventut, retorna amb força com a via de salvació: «Més dolç és el seguir-te i no saber, / tenir-te a Tu i no veure.»

El tema de l'amor es presenta, en aquesta secció, amb tons enigmàtics i ombrívols. A «Nit de Sant Joan», la visió de la boja és una rara, però evident, aproximació de Carner als registres del Baudelaire «maleït», i és molt probable que sigui un dels poemes d'aquest llibre que motivaren el segon paràgraf de Marià Manent que hem citat. «El somni del destriament» mostra la frustració de l'amor amb la concreció i l'ambigüitat de les imatges d'un malson. Crec que, pel seu fons temàtic, es pot relacionar amb l'impressionant sonet «Nus, eren dos amants» que clou *La inútil ofrena.*

Al final d'aquesta secció hi ha dos poemes que reprenen el tema de la crisi existencial. Val la pena recordar que a *Les monjoies* ja hi compareixia («Angoixa de l'alta nit»). En «A mig son», el desassossec, l'angoixa per la «vida insegura» desperten, sobtadament, el poeta. Després d'expressar el seu neguit, s'exhorta a continuar dormint deixant de banda totes les preocupacions: «bada't al dolç ignorament de tot».

A «Beat supervivent» el trobem en la solitud casolana —els altres ja dormen— submergit en la calma dels petits plaers quotidians: llegir, fumar...; però, de sobte, irromp el record de la jovenesa, amplament evocada.

Això l'encara al present, a la immediatesa de l'última realitat, la qual se'ns imposa amb força sense sortir del context de la quotidianitat:

*Dotze hores són tocades, tot ho esmenta,*
*la llum amiga es torna indiferenta;*
*obro la porta; a la foscor d'enllà*
*camino lent, amb por de profanar,*
*perquè la nit és, com la mort, viventa.*

### b) «*Els arbres*»

En els set poemes d'aquesta secció, l'arbre no és pròpiament un tema sinó, més aviat, un pretext temàtic. Gairebé tots tenen una localització ben concreta; n'hi ha de Catalunya, de França, d'Itàlia, d'Amèrica. El pretext, al qual hem fet esment, pot ser, com per exemple a «L'eucaliptus de Quarto dei Mille», organitzar al seu voltant la descripció d'un paisatge.

El mateix passa amb «Els nostres pins». La presència d'aquest arbre arreu permet a Carner una plasmació poètica de la varietat del paisatge de Catalunya. En aquest cas, però, apunta a un altre tipus de lligam amb l'home que va més enllà de la humanització purament externa de l'arbre (com, per exemple, «Els ametllers de Sarrià»). És el que s'expressa en el vers: «Dura és ta rel, com nostra fe.»

Cal remarcar també, en aquest sentit, l'aparició, d'una manera discreta, però eficaç, del tema de la mort al final d'«Els cocoters de Macuto».

### c) «*Les estampes*»

És la part més extensa del llibre. Hi predominen gairebé del tot el món de la natura i el món rural. És fàcil adonar-se que l'ordenació dels poemes tendeix a seguir el cicle de les estacions en aquest ordre: estiu, tardor, hivern, primavera. No hi manca la presència dels dos cicles bàsics de l'any religiós cristià: el de Nadal, amb 2 poemes, i el de Quaresma, amb 5. Hi trobem, també, els diversos moments del pas del dia: matí, capvespre, nit...; el sol i la lluna; el món vegetal; el món animal; i el món dels homes: la casa, el treball, l'amor...

L'actitud noucentista hi és encara molt present. En aquest sentit, el poema «Idil·li» n'és una mostra ben representativa. Som en un ambient mediterrani, lluminós i plàcid, com un paisatge de Joaquim Sunyer. Una barca avança pel mar i una tartana per terra. En aquest petit món, tan consistent i real, s'hi fa present, sense estridències ni canvis de to, amb una naturalitat perfecta, l'element eròtic amb la representació mítica escaient a cada cas: el Faune per a les pageses de la tartana i la sirena per als pescadors. I, al final, com a element integrador, que dóna harmonia al conjunt, el pi «sol, entre cel i abís».

Un altre tema, ben característic també dels noucentistes, és el de la idealització de la dona, que trobem ací al primer poema de la secció, «Venus». El pretext no pot ser més senzill: una dona es despulla i s'estira a la sorra en una platja solitària. El fet deixa de ser banal gràcies a la identificació del personatge amb Venus. La ressonància mítica confereix al text una gran dignitat i una gran bellesa.

En aquesta línia podem esmentar, encara, la joia per la llum i la naixença del dia («El sol a muntanya»), la pau i la calma del món en repòs («Mar de diumenge»), el culte a la llar («Els tres altars»). Sembla talment com si el poeta visqués encara dins d'aquest món, fins a tal punt és viva i precisa la forma de les imatges. Però ja de bon principi ens adonem que tot això és, ara, evocat de lluny, en el temps i l'espai. Ens referim al poema «El retorn al poble», expressió magistral d'arrelament a la pròpia terra. Cec que fos, perduda la memòria, o amb el seny esgarriat, sempre duria amb ell el seu poble; i la seva imatge, viscuda interiorment, és prou forta com per a redimir-lo de tots els mals.

L'absència i la distància són, potser, les raons que expliquen el fet, prou notable en aquest llibre, que la ironia hi perd pes específic a favor d'una visió més càlida, amorosa i tendra, no exempta de sentiment, sense caure mai, però, en el sentimentalisme.

Al poema «Casa que fou de pescadors», podem veure, o, millor, entreveure —Carner és un mestre indiscutible en l'art d'insinuar— la distància entre dos mons, millor el passat que l'actual, i la força amb la qual el primer segueix vivent en el somni. Així, la descripció d'una casa amb uns altres estadants és l'aparença externa del tema de fons: el pas del temps i els canvis que produeix en les coses. Val la pena de recordar, ací, que la dialèctica entre el permanent i allò que canvia, l'immòbil i el que es mou, és un dels temes més recurrents en tota la poesia carneriana.

Un altre aspecte molt important d'aquesta secció són els elements de contrast. En aquest sentit, per exemple, podem comparar «Venus» amb «Humil», retrat magistral, sense idealisme, d'una pagesa que s'ha passat la vida treballant: «és d'escarràs ta feina i el teu vestit de dol». O pel que fa al tema de l'amor, l'alegria i el compliment elegant d'«O serena de la mar» amb l'esblaimada tristesa de la «criada humil» i el «trist manobre» de ciutat a «Festeig dominical», i, encara, aquest desistiment, aquesta desesma, amb la pura expansió d'instint sexual de les pageses a «Dansa».

No hi manca tampoc el tema del *taedium vitae*, a «Porta d'hostal», que acaba amb el sentiment de la vida mancada de sentit. Això ens fa pensar en els temes de la primera secció. En efecte, alguns, d'una manera més o menys velada, tornen a comparèixer. A «Capvespre de juny» reprèn la instància metafísica. Hi ha un moment que el poeta sent com si es deturés la fluència del temps, com un tast d'eternitat, i es demana: «Per què n'han perdut l'esma nostres vides?»

La mateixa hora del dia se'ns presenta a «Un capvespre» com el pressentiment de la nit i les seves pors:

> *Un fumerol tot lent*
> *s'alça de l'embruixada torrentera;*
> *i en el turó que fou tot ple d'argent*
> *les branques d'olivera*
> *criden la nit amb gestos de serpent.*

I a «Pleniluni de juliol» retrobem l'angoixa associada amb la nit.

El tema de la vida com un camí incert s'expressa en la forma senzilla i clara d'una cançó («Cançoneta incerta»).

### d) «*Les adreces*»

Els poemes d'aquesta secció responen a motivacions diverses, a circumstàncies de la vida propícies per deixar-ne constància en vers. Carner hi sap respondre amb elegància i bon gust, de manera que els poemes de compliment no desentonen en el conjunt de la seva obra poètica, i no sempre cal considerar-los com a poemes menors.

Ací, n'hi ha dos de dedicats a la infantesa, un de naixença, l'altre de mort; un d'onomàstica, tres de casament, i acaba amb un epigrama: «De Maria Antònia Salvà.» Aquest és indicatiu de la continuïtat de la relació de Carner amb la línia mallorquina de la poesia catalana. En el cas concret d'aquesta poetessa, recordem que el 1926 —l'any següent de l'aparició d'*El cor quiet*— publicà un llibre: *Espigues en flor* amb un pròleg de Josep Carner, i que ell mateix tingué cura de l'*Antologia poètica* publicada a Barcelona el 1957.

### e) «*L'assenyament*»

Al primer poema, «Interval», torna a comparèixer el tema del viure incert; ara, però, aquesta incertesa es projecta cap al moment de l'arribada de la mort. El poeta es desperta abans d'hora i constata: «Visc. Qui sap si viuré demà?», i dóna gràcies per aquest nou dia que li és concedit.

La temàtica existencial, amb les ambivalències que comporta la vida humana, té una plasmació excel·lent a «Les fulles de l'abril». Talment com elles:

*Així som tots, en desgavell d'instints*
*gronxats entre desigs i defallences.*

En aquest mateix poema torna, una vegada més, a fer-se present la dimensió metafísica: «Els homes som migradament divins.»

Un altre poema molt notable pel seu dramatisme és «Una casa tancada». Pel tema, resulta suggerent de ferne una lectura prenent-lo com una continuació d'«En una casa nova», de Joan Maragall. És impressionant, en

Carner, la plasmació d'aquest espai mancat de presència humana. Després d'impregnar-nos de l'atmosfera de solitud i abandó, evoca els temps en què era plena de vida. Una vida que el costum ha anat minant, fins arribar a la paradoxa final: tot allò que els estadants han fet per protegir-la es gira en contra d'ells mateixos: «ben enllestides totes llurs defenses, / els va fer por la casa, i van fugir».

A «Cançó de la quarantena» tenim una bona mostra dels recursos objectivadors propis de Josep Carner. L'arribada a la meitat de la vida, que fins ara se'ns havia presentat com a plena d'interrogants i angoixes, és ací viscuda per un personatge: «un hereu conco, / tot sol en son mas», el qual conclou amb indiferència i resignació: «Jo, arronsant l'espatlla, / penso que faig prou.»

Hi ha, finalment, un grup de poemes de tendència al·legòrica, sobre determinats estats d'ànim. Així, el Desig i la Recança, com a amics amb els quals conviu el poeta. Parla també amb la Contrarietat i la Mudança. I la Santa Paciència se'ns mostra en un to ben verdaguerià. A l'últim poema del llibre ens trobem amb l'Oblit com un castell envoltat de somni i misteri:

*No hi ha un nom al portal, ni un ca contrit*
*que reti de sos ulls la humida ofrena.*
*El gran portal vers una nit ens mena:*
*sorda, abismal, petrificada nit.*

## *LLENGUA*

Josep Carner començà a escriure en un moment molt crític per a la llengua catalana: el pas del desgavell i el campi-qui-pugui a la normativa. Ja als tretze anys, en un article publicat a «L'Aureneta», es queixava de la multiplicitat de solucions ortogràfiques. Això fa més evident l'esforç que li representà l'adquisició d'una llengua prou apta per als seus designis. Sobre la transcendència del resultat, que va molt més enllà de la seva pròpia obra, recordem aquests mots de Joan Fuster: «Amb Carner, la poesia catalana perd la gran llibertat adamítica —propícia als genis, com Verdaguer o Maragall, però només als genis— de què disposava d'ençà de la Renaixença. Els poetes postcarnerians estaran situats ja en el mateix pla que els poetes de les altres llengües europees.»

Un altre poeta cabdal del nostre segle, Carles Riba, ho reconegué en escriure amb motiu de la traducció de les *Faules* de La Fontaine: «L'època actual del català serà designada amb el nom de Josep Carner, perquè pel seu estil passa tota la història del català, no feta, sinó fent-se en curs de creació.»

A principis de segle, des de la revista «Catalunya», Carner propugnava l'enriquiment idiomàtic per la lectura i l'estudi dels clàssics catalans, l'amor a la poesia popular i la relació amb Mallorca. Els altres punts fonamentals del seu programa eren: dignificar, polir i elevar el to de la llengua i aconseguir la «llengua literària única». Es fa molt necessari un llibre que reculli tots els escrits de Carner sobre la qüestió de la llengua. Aquest buit, ara, només l'omple, en part, *Teoria de l'ham poètic*.

L'aportació de Carner, com apunta Marià Manent, representa «un guany de complexitat lingüística (en el vocabulari, en la sintaxi, en el ritme)». Pel que fa al primer d'aquests aspectes, comptem ja amb un estudi excel·lent de Loreto Busquets: *Aportació de Josep Carner a la llengua literària catalana* (Barcelona, 1977). Les xifres finals de la recerca donen: 1.938 mots creats i 723 mots introduïts; tot plegat fa un total de 2.661.

En seguir el fil evolutiu de l'obra carneriana des del punt de vista lèxic, l'autora diu: «Una obra tan important des del punt de vista literari com *El cor quiet* conté un nombre baix d'innovacions, però respecte als volums de poesia que el precedeixen és significatiu que no posseeix un sol arcaisme. Les veus són afixals, amb un parell de verbs definitius i també de canvis semàntics. Tot plegat sembla demostrar que Carner en la poesia obrà amb cautela, i que certament no fou el camp que considerà més idoni per l'experimentació de resultats incerts.» Aquest darrer punt és més explícit en un altre paràgraf: «Les traduccions i la prosa constitueixen el camp d'experimentació per excel·lència mentre que la poesia esdevé la recollidora dels resultats allí obtinguts; en aquest àmbit els mots són menys però més definitius.»

## *VERSIFICACIÓ*

A la riquesa lèxica i dels diferents registres de la llengua, a la diversitat temàtica, cal afegir-hi encara la varietat mètrica i estròfica elaborada amb gran domini i saviesa.

A *El cor quiet* hi té una bona representació el *sonet*, modalitat especialment cara al nostre poeta. En aquest aspecte cal tenir en compte el paper que tingué Carner en la història de la incorporació d'aquesta modalitat en la literatura catalana contemporània. Si bé s'escriviren sonets en català durant els segles XVII i XVIII, durant el Romanticisme arribà gairebé a desaparèixer. Cap a finals del XIX, hi ha intents d'una nova represa. La importància de Carner radica, sobretot, a haver-ne fet bandera de norma i rigor enfront a l'anarquia romàntica, i a haver-ne descobert els trets de modernitat en la lectura de Baudelaire.

En aquest llibre n'hi ha, exactament, disset. Pel que fa a l'estructura, el conjunt és ric i flexible. Així, en relació a la mètrica dels versos, juga amb els de dotze, deu, set i sis síl·labes. També són molt variades les combinacions de rimes; en efecte, se'n poden comptar deu de diferents, de les quals, set apareixen només una sola vegada; una, tres vegades; una altra, dues; i una altra, cinc.

És també remarcable l'ús de la forma *polimètrica* (és a dir, l'alternança de metres diversos en una mateixa composició), especialment a la primera part del llibre. Recordem, de passada, que amb aquesta forma escriurà també, més endavant, el seu gran poema *Nabí*. S'ha parlat, crec que amb encert, del mestratge de La Fontaine sobre Carner en aquesta modalitat. Vegem un exemple del seu ús, i d'adequació al moviment general del poema, a l'inici de «Proximitat de la mort»:

*La Mort ve a passejar-se cada nit*
*pel meu carrer, com un festejador,*
*i fa una serenata més fina que el sentit:*
*flautes d'angoixa i violins de por.*
*Sento la seva passa*
*que em glaça:*
*ara, subtil, s'acosta a un finestró.*

Són també força abundants els poemes estructurats en *quartetes*; fets amb versos de set, sis i cinc síl·labes; dos poemes amb rima *abba*, dos amb *abcb*, i set amb *abab*. El *quartet* hi és menys representat. Com a mostra del joc de rimes en una mateixa composició, notem a «Perdut en mon jardí» que la primera i l'última estrofa responen a l'esquema *ABBA*, i les vuit restants a *ABAB*. Remarquem també la presència de l'*apariat* (a «Els pollancs de França» amb versos de deu síl·labes, i a «Interval» amb versos de vuit); del *quintet* («Cançó de Nadal»); el *sextet* («A muntanya»); l'*octava* («Les fulles de l'abril»); la *dècima* («El meu balcó», amb les rimes diferents de l'esquema de la clàssica *espinela* castellana).

No manquen tampoc dins *El cor quiet* les formes poètiques de tipus popular. Així, la *corranda*, cançó molt breu, de temàtica molt variada, conreada en abundor d'una manera especial a Mallorca, a «Corrandes d'una pluja a la nit», tot i que no pas en la forma més corrent, és a dir, quatre versos de set síl·labes amb rima *abba*. La modalitat que fa servir Carnerací és: sis versos de set síl·labes amb rima *abaaab*. Podem parlar també de la *codolada* a propòsit d'«Els ametllers de Sarrià», i de la *dansa*, òbviament, a «Dansa».

L'enumeració que hem fet no és pas exhaustiva, però n'hi ha prou per fer veure la veritat de la qual parlàvem. Un altre aspecte a tenir en compte és que, a vegades, Carner no manté el mateix tipus d'estrofa en una composició. Per exemple: «Els nostres pins» és una alternança de *quartetes* i *quintets*. «El sol a muntanya» comença amb dos *quartets* i acaba amb tres *apariats*.

## *CONCLUSIÓ*

*El cor quiet*, en conjunt, és una mostra esplèndida de la plena maduresa de l'art de Josep Carner. Tot i no haver-hi aportacions substancialment noves en el terreny de la llengua i la versificació, és important l'apreciació de Joaquim Molas en dir que els versos hi són «més cordials i apassionats, on, fins i tot sembla que la mateixa exploració i la riquesa idiomàtiques, sense perdre preciosisme, són més sòbries».

Més evidents són certs canvis de to en relació a la realitat, i la presència d'alguns temes, tot just insinuats en llibres anteriors, ara molt més aprofundits. La crítica coetània potser no parà prou esment en aquestes novetats. Més recentment, amb la perspectiva dels anys i de l'obra posterior, Joaquim Molas podrà escriure que, en aquest llibre, «un món nou, despertat per l'enyorament, per la, diguem-ne, expatriació, mena el poeta a uns planteigs més humans, a un lliurar-se sentimental que, és clar, rectifica tot el que, fins en aquest moment, Carner havia escrit».*

LLUÍS CALDERER

---

* Reproduïm fidelment el text de la primera edició (1925), que ha estat polit de les errades tipogràfiques més evidents i ortogràficament regularitzat en algunes formes nominals (*daler* per *deler*, *carrê* per *carrer*, etc.), i verbals (*volê* per *voler*, etc.). Finalment, hem restituït a la seva forma original algunes elisions vocàliques del tipus *cad'un* (*cada un*) i *tev'esma* (*teva esma*). *Els coordinadors.*

## *GUIA BIBLIOGRÀFICA*


Pere BALLART, «*El cor quiet*» *de Josep Carner*, dins *Lectures de COU*, Barcelona, Edicions de La Magrana, 1988.

Loreto BUSQUETS, *Aportació lèxica de Josep Carner a la llengua literària catalana*, Barcelona, Fundació Salvador Vives Casajuana, 1977.

Lluís CABRÉ i Marcel ORTÍN, «*El cor quiet*» *de Josep Carner*, Barcelona, Editorial Empúries, 1985.

Lluís CALDERER, *Josep Carner: «Cor quiet» dins «Poesia»*, a «Faig, revista literària», n.º 23-24, Manresa, maig de 1985.

Josep CARNER, *Teoria de l'ham poètic*, Barcelona, Edicions 62, 1970.

Montserrat CORRETGER, «*El cor quiet*». *Comentari al poema «Casa que fou de pescadors»*, Barcelona, Columna, 1988.

Paulina CRUSAT, *Carner, poeta essencialista*, dins *L'obra de Josep Carner*, Barcelona, Editorial Selecta, 1959.

Joan FERRATÉ, *Pròleg* a *Auques i ventalls*, Barcelona, Edicions 62, 1977.

Joan FERRATÉ, *Pròleg* a *La primavera al poblet*, Barcelona, Edicions 62, 1979.

Joan FUSTER, *Idioma i poesia en Josep Carner*, dins *L'obra de Josep Carner*, Barcelona, Editorial Selecta, 1959.

Albert MANENT, *Josep Carner i el Noucentisme*, Barcelona, Edicions 62, 1969.

Marià MANENT, *La poesia de Josep Carner*, dins *Poesia, Llenguatge, Forma*, Barcelona, Edicions 62, 1973.

Marià MANENT, *El cor quiet*, dins *Poesia, Llenguatge, Forma*, Barcelona, Edicions 62, 1973.

Joaquim MOLAS, *La poesia de Josep Carner*, a «Serra d'Or», any VI, núm. 2, febrer, 1965.

# *El cor quiet*

# *Les nits*

## *NOCTURN*

Quines són les imatges
que s'agiten al fons de vostres nits
ocells planyívols, animals salvatges
quan les pobleu de queixes i de crits?
Voldrà lligar-se amb d'altres harmonies
la música de fulles, més suau
de nits que no de dies?
Què cerca el vent nocturn a dins l'afrau?
Fins el penyal, guarnit de molsa bruna,
a mig pendís atravessat i cot,
mig diríeu que viu sota la lluna
per bé que sigui indiferent a tot.
Serena, quietud, vent i tempesta,
posats de la foscor,
porteu alguna divinal requesta
en ritme d'esperances i de por?
Almenys per mi, que entre la nit faig via
quan tanta d'animeta s'abalteix,
el gran drap de la nit es desficia,
l'obscuritat glateix.
Àngels, tal volta, elisianes roses
a frec esfullen de l'oscat sentit;
o brollen veus parentes, de les coses,
que frisen demanant un esperit.
El floc tot argentat, la lleu temença
de l'herba i el brancam tan llargarut,

són un engany de nostra vana pensa
o un mot tràgicament inconegut?
Una remor que flota esmorteïda,
del passat o del futur és el trepig?
Són els difunts que capten a la vida
o els venidors que tusten al desig?
L'alè m'inspira d'una oculta raça?
Mon pensament, qui esgarriat me'l féu?
Ah, fins em sembla com si fos ma passa
d'un altre, caminant darrera meu!

On és l'aigua del pou que mai s'obrí,
on el tresor colgat? Sóc a llur vora,
i jo que els cerco, n'he romàs defora,
com un que dorm, sens veure ni capir.
Amara de llum pia
—oh doll quiet i blanc
del pleniluni que engrandeix ma via!—
la lassa i espectral malenconia
del nostre mur de fang.

*PROXIMITAT DE LA MORT*

I

La Mort ve a passejar-se cada nit
pel meu carrer, com un festejador,
i fa una serenata més fina que el sentit:
flautes d'angoixa i violins de por.
Sento la seva passa
que em glaça:
ara, subtil, s'acosta a un finestró.
Cada nit mira una criatura mig erta,
cada nit senyala un brancal.
A l'endemà hi ha una finestra oberta
i mig clos un portal.

I la gent es trasposta.
Resten mots cordials sense resposta
i besos sense dar. Tothom, ànima endins,
sent en el vell jardí créixer la brosta
dels pensaments roïns.
Ai! ens fa la nostra ànima mesquina
veure que un altre mor;
mes si ve a nostra nuca l'aura fina
se'ns agenolla el cor.

II

No és que et plagui el gemec de vides endolades,
oh dolç Senyor dels radiants palaus!
És només que exhaurires endebades
tos missatgers suaus.

Hom pot fugir de ta besada pia,
de tos gentils retrets,
de tos baumes secrets,
de ta divina i casta melangia,

dels tenebrosos volts
de ton altar, cenyit de testes recollides,
de ton somriure, que il·luminen sols
les llànties roges de tes cinc ferides.

Mes veu's aquí la Mort. És la grollera;
és l'última, la baixa missatgera.
De la casa vernal i transparent
vingué el Príncep al món, i al seu darrera
senescals, majordoms, florida gent.

Ja sols resta la Mort, que és l'establera,
la fe del descreient.
Però si encara ton voler la du,
jo et regracio per la Mort feresta,
que a Tu ens estira en el silenci bru.
Massa hem cedit a altra plaent requesta!
Hi ha en el sadollament l'oblit de Tu
i sembla que t'entelis en la festa.

Darrera meu s'ha esparpillat l'Ahir.
Puix no em menaren a la gràcia nova
la nit fosca ni el dia carmesí,
ni l'afalac del goig ni el de la prova,
no mereixo, Senyor, sinó morir.
Mes si Tu em veus tot ennegrit del vici,
no em foragitaràs de ta claror?
Si he perdut mon anell esponsalici,
com podràs reconèixe'm, oh Senyor?

Jo sé que em damnaria ta justícia.
Oh, quina cosa meva millor t'implorarà?
No les oïdes, plenes d'avarícia,
ni els ulls, que miren sols per envejar,
ni el front, llaurat d'una rancúnia brava,
no pas la boca, on l'adulteri llu,
sinó la mà que en el meu crim posava
davant mos ulls, avergonyit de Tu!

## *NIT DE SANT JOAN*

Al clar de lluna plena, jo i l'amic
cireres hem menjat a la porxada.
Salta el foc en la nit enlluernada
en recordança d'aquell drac antic

que volia donzelles i donzelles...
De sobte el drac s'esbalaeix, té por.
Es perden riures, crits i cantarelles
en una regolfada de tristor.

L'amic i jo, les testes ajupides,
eixim i d'esma som guiats pel rec.
Per enllà hi ha casetes resclosides
plenes, tota altra nit, de mitges vides:
les denes del rosari hi són dormides,
hi és oscat el renec.

Una finestra ben reixada estoja
(en una casa d'on tothom eixí
sinó ella) la boja,
plena d'incendi en el seu cos mesquí.

Era una dolça dona apiadada
que mai havia entès la fosquedat,
el desgavell terrible del pecat.
La seva filla, antany, se n'és anada
lluny, a la gropa d'un enamorat.

La mare caigué en terra. En aixecar-se,
s'havien envilit sos ulls serens;
els ulls fiblant la cabellera esparsa,
cridava els homes amb udols obscens.

Aquesta nit de Sant Joan l'abranda
més que cap altra nit.

Ja tot en el silenci va de banda,
caliu esgarriat i goig marcit.

I ella, exaltada en sa presó deserta
per la gran solitud i el cel rogent,
es bada tota al vent.
Estranyament oferta,

és un aspi d'horror:
diu, de l'infern a les mateixes ribes,
amb profètiques ires venjatives,
el mal nom de l'amor.

## *CAU A LA MAR L'ESTEL MÉS BELL*

### I

Ta llum, oh estel, desesperada clama
en mig del cel a penes esblaimat,
floc neguitós de flama,
vessant-te i recollint-te d'un plegat.
Quan, vívida sageta,
ton suïcida vol serà finit?
Jo em sento mig poruc en ma cambreta
de veure amb quina fúria et peixes d'infinit.

### II

Tu que en ma pau vingueres a sobtar-me,
oh neguiteig ardent!
Ets averany d'alarma?
Sents que trontolla el món o el firmament?
Ets precursor dels dies d'esperança
que cerques pels fondals un cel inconegut,
o el primer fugitiu, desalenant-se,
d'un exèrcit vençut?
Únic rebel en tot el cel, medites
l'alta amarguesa d'un destí preclar
o bé és que horripilat et precipites
al capdavall del mar?
Ah, malcontent de nostres hores mortes!
Què et proposes de fer dins nou país?
Quin equívoc present és el que portes,
pau a l'infern o angoixa al paradís?

### III

Mes ta joia i ta pau no pots haver-les
enlloc, oh el més gosat dels vianants!

Ni als avencs de la mar on són les perles
ni al cim de l'aire, ple de diamants.
Nit blava on ja s'aixeca un nuvolet tot bru,
solixent violeta,
mar que ressona al vent que se la'n du,
cel gran o terra estreta,
no et capirà ningú.
Fereix-te, doncs, sageta
de tu, només de tu.

## *PERDUT EN MON JARDÍ*

Atardat en ma cambra, consirós,
primer vaig apagar la llum somorta:
furtiu, en acabat, obro la porta
cridat per més insinuants foscors.

Sota la nit que estranyament somia
el meu jardí tot es deforma i creix:
son nou posat mes passes esgarria
i sembla que em desfà de mi mateix.

Guiat només d'una blancor de roses
del caminal secret m'aturo al mig;
sento el glatit fantàstic de les coses
tot d'una que s'apaga el meu trepig.

Besa mon front una fullola incauta;
lluny, hi ha un so d'aigua que no sé d'on ve;
com melodia tènue en la flauta
la saba frisa en el brancam lleuger.

La serena, amollint la podridura,
agita, dins la fosca sense estels,
els insectes cercant a la ventura
llurs noces amagades i cruels.

És potser la follia qui em voreja?
Quin instint matusser s'abranda en mi?
Ma idea barboteja, barboteja
i no pot arribar-se a confegir.

Rodà a l'herbei la meva consciència?
Neix un fibló en ma boca, verinut?
És que en mos ulls hi ha una fosforescència
o tinc damunt l'esquena un doll hirsut?

El que vaig ésser, en mon cor abriva's.
En els segles reculo. Davant meu
s'agiten les carotes primitives
de tant d'ésser pugnant per ésser déu.

Al coll la ronca veu se m'empresona
i caic, parapetat sobre el genoll.
És que tota la nit se m'abraona?
I vol dar un salt enrera mon grumoll.

Sobtadament una aura fina glaça
ma febre: tornat home, altre camí,
sento en el flanc un esperó diví;
l'ombra invisible de Jesús que passa

em veu, baixant del puig on ha vetllat,
i se'm desvetlla l'ànima abaltida
com l'aigua que de cop, tota embranzida,
borbolla dins un pou abandonat.

## *CORRANDES D'UNA PLUJA A LA NIT*

I

L'aigua magníficament
dringa, degota i regala,
la pluja dóna entenent
que cau amb el cor content;
dementre el meu cor la sent
no té por de cosa mala.

II

Si jo sentir-la no vull
un llibre me'n distrauria;
llegint, no es sent aldarull;
mes, si cansat o curull
em paro al tombant d'un full,
la pluja em fa companyia.

III

Tothom reposa en son llit
sinó jo, que vetllo encara
mentre la pluja amb delit
puny a tot arreu la nit;
quin goig! el mal esperit
s'ennuega d'aigua clara.

IV

Plou dolç, passant el rosari,
o fort, amb vent i sotracs;
plora un fanal en desvari,
i al gran carrer solitari

la pluja va a pessigar-hi,
en terra, miralls opacs.

V

Ma vida se n'era anada
de les joies i els perills:
ara el cor de nou es bada;
cada fil d'aigua argentada
planta en la fosca sagrada
primaveres per mos fills.

## *EL SOMNI DEL DESTRIAMENT*

—Amaga't!—féu, no sé pas qui, dessota
l'ombratge dens, a vora meu. Però
em semblava talment veu coneguda
        i a mig camí del plor.
—Qui és?—jo vaig pensar.—Per què em demana
d'amagar-me? Què hem fet?—I dins el pit,
tot i la tenebror de la memòria,
        m'ofegava el neguit.

De lluny, vingué una dama tota nua,
noble, i enmig d'un gran aclariment,
i dos rossos donzells, cada u amb sa torxa,
        al seu comandament.
Llavors vaig adonar-me que jo era,
potser del tot, al matollar amagat:
com un senglar ferit, boca terrosa...
        Hi havia al meu costat

(tot just eixien de les negres mates)
dos lassos peus de dona tremolant.
Ja no en sentia més la veu: sentia
        com un sanglot d'espant.
Vaig pensar: —Aquesta dona, ma veïna,
ara què vol amb aquest plor desfet?
S'amagà per trair com una folla
        nostre recer secret?—

Talment, de cop, un dels donzells venia
de les espesses mates al redol,
acostant venjador la bella torxa
        que es feia com un sol.
La nua reina va manar: —Destria'ls!—
i s'aflamaven els seus ulls de cel.
—Atueix el delicte a llum de torxa,
        i deixa al plor son vel.

## *A JESÚS*

D'altres vegades deus haver vingut
per via mai sotjada;
deus haver sospirat i somrigut
vora del llum insomne, en quietud,
o la taula parada.

I no t'hem vist quan eres tan sedent
d'una paraula amiga,
lleu com una penombra a sol ponent,
que va pujant dels marges dolçament
i de l'afany deslliga.

En cim de goig o en davallant d'afront,
a punt de vèncer o caure,
no l'hem sentit, remenses d'aquest món,
la teva mà damunt el nostre front,
amb menys de pes que una aura.

Oscà nostres sentitsací i arreu
el tràfec amb les coses.
No ens anuncien l'Hoste de més preu
ta olor d'espígol i ta llum que es veu
amb les parpelles closes.

Però avui, oh Senyor, Tu t'has traït:
eixint de la tenebra
t'has decantat al cossiró oprimit,
que emmetzinaren en son bres petit
les roses de la febre.

I ja la Mort cessà d'entemorir.
Sotmès el cor glatia.
Oh, què en sabem del viure i del morir!
I la poncella que tu vols collir
no es marcirà cap dia.

I encara, oh Déu, amb llàgrimes de fe
capírem que tens lleure
de trasmudar tot afanyós deler.
Més dolç és el seguir-te i no saber,
tenir-te a Tu i no veure.

I molt més dolç que no sentir ta veu
quan: —Ix!— a Llàtzer mani,
—Ix de les ombres!—, el baixar pel freu,
si Tu aixeques la torxa, Nazareu,
davant el soterrani.

## *A MIG SON*

Quin gemec em desvetlla
d'algú que és lluny? No ho sé.
Em moc sobre el coixí, vida insegura,
massa amussada per a entendre bé.

Ombres al meu devora,
estranya solitud
d'orfe, de mort o d'animal perdut...
Talment, ningú no plora?

Ho hauria dit. Darrera la finestra
i la porta, cap cosa de debò.
Cap onda estranya de dolor m'arriba.
Si hi era estat, s'ha avergonyit el so.

Com una agulla fina
una agonia m'entra cor endins.
Després una veu dolça diu, a penes,
a l'afluixat gavell de mos instints:

—Perd la teva esma dins el pèlag negre
que no coneix ribera ni farell:
ara és hora de treva;
dorm bocatort dessota el blanc mantell.

Per què escoltar, darrera tot un dia
anguniós i cot?
Vés cloent les parpelles; tot desfent-te,
bada't al dolç ignorament de tot.

*EL BEAT SUPERVIVENT*

La meva pipa jau i no perilla,
a un racó de la boca. És mitja nit.
Enllà dorm el meu fill, ençà ma filla
i dolça alena missenyora al llit.
—Què fa, tot sol? Dotze hores són tocades—
diuen, veient la ratlla de claror
sota la porta, negres, ensonyades
les cambres del voltant del menjador.
Què faig? Em plau eixa sobirania
d'una clapa de llum entre foscors;
encara visc mentre ma gent somia,
com un supervivent misteriós.
Em distreu aquell pom de violetes,
aquell rellotge o el meu foc encès;
ja del llibre les tímides lletretes,
desentrenat com só, no em diuen res.
Fuig tot afany d'avui, tota cabòria
cavalcant de ma pipa el torterol;
i de mon fadrinatge la memòria
de puntetes, suau, torna a mon volt.
Oh fadrinatge! Espera d'un viatge,
prop la fressa dels altres que rellú;
o abocament dels ulls a cada imatge,
o tremolor davant un colze nu;
anar tot sol a respirar les roses
d'abril, quan plou, per un carrer oblidat;
debatre amb els amics d'estranyes coses
en un lloc tot encès, tot entelat,
i, no volent cap llei, tenir les flaques
que són com borda, subreptícia llei:
aquell ficar les mans a les butxaques
i arronsar-se d'espatlles com un rei,
tancar-se amb una porta que no tanca,
mesclar música i pols, taques i flors,
i no poder trobar la roba blanca
sinó quan d'un calaix ne penja un tros.

Sentir pel maig que el cel se'ns encomana,
parar-nos tot sovint a mig camí,
i anar a jeure tan sols, de mala gana,
quan el fanal és roig de tant servir;
llevar-se tard, llegir i abandonar-se,
dinar quiet al menjador tot buit
i fer el descobriment, en aixecar-se,
que el sol, cansat, encara besa un fruit.
Joventut, fadrinatge! Us allunyeu,
no pas massa remots de ma diada,
com gent que ja ha tombat per la collada
però que encar se'n sent alguna veu.
No em deixàreu, talment, sense riquesa,
sense desigs i companyons gentils,
ara que creix ma cella desatesa
i els primers cabells blancs lluen subtils.
Oh cambres de mos fills, plenes de fades!
Oh seny de la muller, ple de destí!
Oh, a mon voltant, mirades confiades
que en mi reposen com si fos diví!
Qui un temps va ésser l'indolent donzell
de sa naixent solemnitat s'espalma
i estic empallegat amb un reialme
i somric jo mateix de mon mantell.

Dotze hores són tocades, tot ho esmenta,
la llum amiga es torna indiferenta;
obro la porta; a la foscor d'enllà
camino lent, amb por de profanar,
perquè la nit és, com la mort, viventa.

Joventut (solter) - Vellesa (casat).

# *Els arbres*

## *ELS NOSTRES PINS*

### I

Salut, oh pi de terra eixuta,
lligam, damunt la nostra ruta,
d'un aspre món i un cel serè!
Oh cos vermell, oh barba hirsuta!
Dura és ta rel, com nostra fe.

Salut, oh pi de la carena,
dolç monument de l'horitzó;
salut, marina visió,
oh pi menut de nostra arena;

pi venerable a les ermites
entre una font i un vell pedrís;
pi de malastre, que t'excites
tort, esglaiat sobre un abís;

pi que ets conhort de nostres passes
en un pendís, nat travesser;
pi que en el sot t'estiragasses,
per heure el sol, com un xiprer;

pi casolà vora una eixida
que sents el cant dels reguerols;

pi dins la selva atapeïda,
alta cucanva d'esquirols;

pi esborifat, que no tens lleure
de pentinar ton front altiu;
pi sospirant, cenyit de l'heura;
i tu, el sortós, que puguis heure
al peu la font, a dalt un niu!

## II

Amic suau, d'aspres cabells!
Com savi antic dónes consells,
i, sumptuós com un califa,
et fas tot l'any una catifa
de tos mateixos pèls vermells.

Salut, oh pi de terra eixuta,
lligam, damunt la nostra ruta,
d'un aspre món i un cel serè!
Oh cos vermell, oh barba hirsuta!
Dura és ta rel, com nostra fe.

## *ELS AMETLLERS DE SARRIÀ*

Ja que el gener és tan clar,
deixeu-me ara cantar,
amb veu molt pia
dels ametllers que hi ha
perduts per Sarrià
la lletania.

### I

Un ametller, l'hereu,
flors davant mar ja treu
a la carena
primera flor que hom veu!
Voldria anar a ton peu
una sirena.

### II

Oh presoner diví!
ametller d'un jardí
de faç malalta!
Llences flors a desdir,
només que de sentir
un nen que salta.

### III

Tu ets l'ametller més franc:
on t'improvises, blanc,
ningú et cobeja;
ets al pendís de fang
penjat sobre un barranc
que el tren sacseja.

## IV

Tu, el més dolç arbrissó,
t'enroses, bon minyó,
    com de carícies,
sens esma, sens corcó,
ametller del racó
    d'unes novícies.

## V

Ametller temorenc!
Rerassagat d'un reng
    ton cor esvara
l'argila, que es fa un trenc,
i el garrofer negrenc
    i l'atzavara.

## VI

Tu ets el més humanal:
vora un porxo lleial
    hom et destria
davant el dolç brancal,
fas un vel nupcial
    per la masia.

## VII

Ametller d'un gran hort:
la col, d'un aire absort,
    les bledes, manses,
el gos i sa consort,
el vell penell retort,
    miren com danses.

## *ELS POLLANCS DE FRANÇA*

Pollancs de la França, de vora els camins,
pollancs de les prades, pollancs dels jardins;
un rengle s'acosta i un altre ha marxat,
n'hi ha que travessen o fan un quadrat.
És Déu qui els atura i és Déu qui els empeny:
tots duen un ordre, tots tenen un seny.
Cloent la quintana hi serven tresors:
fent via amb qui passa li donen esforç.
Un d'alt, s'encimbella, del rengle desprès:
dos, febles s'atansen i proven el bes.
D'obscura fontana dos miren el clot:
adoren la menta i el seu bromerot.
I tots, com la boira lleugers en el vent,
fan dolça la terra i el cel més atent
—la terra solcada d'ombreig benestant
i el cel, amb la mica de núvols jugant—.
Honor de l'altura, plaer d'un racó,
ells són sentinelles en tot horitzó.
I fins si la França fos tota pecat,
encar vetllarien l'honor del passat,
emblemes on frisen les velles virtuts,
més alts que les llances dels dies perduts.
I amics graciosos del Somni Diví
cada un serva un àngel que l'hom defugí;
i els arbres, per compte dels homes damnats,
se'n van a la missa i fan de soldats.

## *FRUITERAR FLORIT*

### *Cada cosa en son lloc*

Les coses que jo he plantat
comencen llur floridera;
cadascuna florirà,
cadascuna a sa manera:
l'ametller vora la mar,
al mig d'un prat la pomera,
la perera al fons d'un hort,
el magraner prop d'una era.

### *Les flors de l'aubercoquer*

L'aubercoquer totes ses flors badà:
és d'una pal·lidesa mig rosada,
del color de la noia abandonada
que somia un besar

### *Cadascú té el seu estil*

Aquest presseguer florit
aclofat, massa guarnit,
hores mata contemplant-se.
Menys badoc el cirerer,
alt, empolvat i lleuger,
no pensa sinó en la dansa.

### *El presseguer amagadís*

Cofat d'un ròssec de bromes,
captiu d'un penyal forcat,
de les velles oliveres
darrera el vel agrisat,

un presseguer solitari
mig amaga el doll rosat,
com el fi, furtiu incendi
de la breu felicitat.

*Senyals de març*

Hom veu la lluna darrera
de nostra perera en flor;
cada flor de la perera
sembla una gota de plor.
Enllà una donzella espera
d'algun xiuxiueig el so:
molla de la llum lleugera
s'inclina de l'ombra al do.
Un núvol, ans prepotent,
minva, esperonat pel vent,
i cap a la lluna trota.
Hom sent en l'aire embaumat
l'últim plany d'amor del gat
i el primer de la granota.

*L'EUCALIPTUS DE QUARTO DEI MILLE*

És un dia d'hivern sense malícies,
i al meu davant, amb son or fi de mel,
omple un vell eucaliptus de carícies
tot un gran pany de cel.
I que coses mig vela o mig indica!
El rengle de xiprers de més a baix;
una mica de mar, sols una mica,
lluent, dormida com un llargandaix,
les oliveres tan enriolades
amb llur petit argent bon companyó,
les tres cases rosades
parlotejant-se al caire del turó,
la carretera on llisquen el clergue, l'hortolana
i els tramviets curulls,
i el pontarró del tren, que tot s'ufana
d'una dotzena d'ulls.
Quan passa el vent gosat
vibra la pols amb un xiulet allargassat
i cada porta sembla que a donar cops s'esbravi,
però el vell eucaliptus és un savi
i no un eixelebrat.
Per més que empenyi la ventada
no fa anar mai en doina tot el seu bell tresor;
a cada revolada aferrissada
mou un floquet només de penjarelles d'or.
Així davant el tendre paisatge
que ara agita un sobtat exaltament,
l'arbre que indica amb gest benèvol mon estatge
és com una coqueta que, en l'acompassament
d'un ritu sacre,
fins en jorn de revolta i de tropell,
mou ara el coll on hi ha un fulgor de nacre,
ara el peuet ensetinat i bell
o el dit amb un anell.

## *PRESSEGUER FLORIT*

Damunt aquest greny petit
—on nostre esguard juraria
que entre l'oratjol destria
un bell presseguer florit—,

Venus fou visible als ulls
del merlot de la ribera:
aquí s'ajustà, lleugera,
son cinyell o bé sos rulls.

Tocatardans la conversa
ens féu; i en ésser al turó
sobtem l'aparició
en el moment que es dispersa.

## *ELS COCOTERS DE MACUTO*

Vaig veure un dia a Macuto,
i els estic veient encar,
quatre cocoters en rengle
aturats davant la mar.

Eren sols davant les ones,
fills gentils de la claror,
com columnes oblidades
o fermalls de l'horitzó.

S'expandien en llur èxtasi
com si no els veiés ningú:
espaiats, al cel somreien,
tots germans, sol cadascú.

Ran de terra, ja es torçaven,
dolçament al sol girats.
Els ventalls de trenta reines
sostenien delicats.

Però, patges fora via,
ells van créixer amb tant deler,
que sols dees sobre un núvol
els ventalls podran haver.

Quatre cocoters en rengle
sobre el blau, prodigi d'or...

Quan jo sigui entre la boira
m'assolellaran el cor.

## *Les estampes*

### *VENUS*

És el cel com una seda,
és la mar com un mirall.
Venus va per la pineda
a la cala, rost avall.

Vol lliurar-se l'encisera
d'encalçaments i aldarulls
d'home, déu o bèstia fera,
tots encesos de sos ulls.

I damunt l'arena fina
—ni l'ocell l'ha mai petjat—
Venus corre la cortina
de sa invisibilitat.

El primer llagost ja bota,
l'ametller floreix al vent
i la mar es ratlla tota
de petits camins d'argent.

I l'arena esmicolada
per cent anys de temporal,
es va fent blanca i rosada
sota el cos de la immortal.

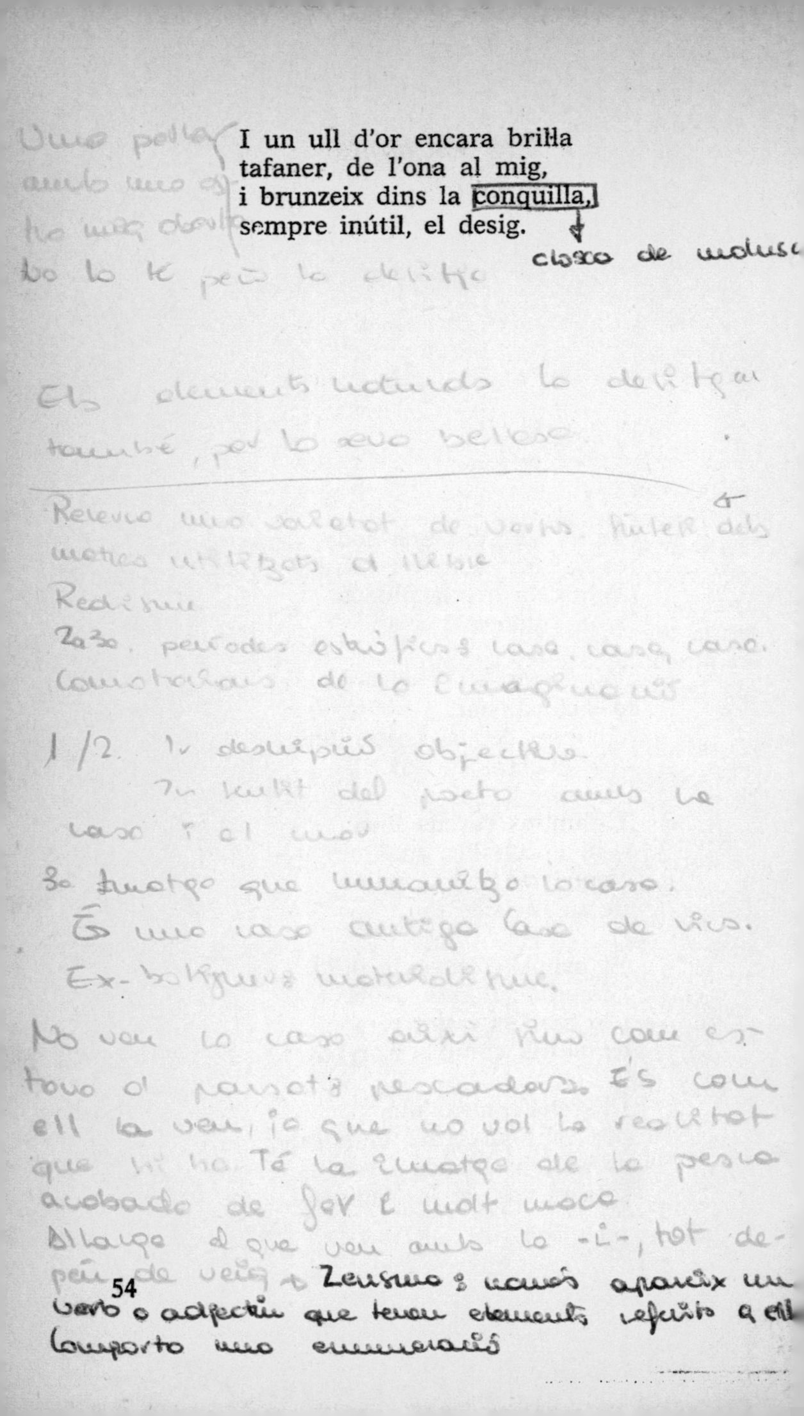

I un ull d'or encara brilla
tafaner, de l'ona al mig,
i brunzeix dins la conquilla,
sempre inútil, el desig.

## *CASA QUE FOU DE PESCADORS*

Casa amb cortina blanca que s'infla i s'encongeix
enmig dels porticons
verd poma.
El meu carrer té la mar gaia al fons
i si el drap blanc me l'escondeix
encar m'esquitxa el seu aroma.

Casa de blava socolada
amb sostre de teulada
(bigues pendents tenyides de taronja),
i humil llitet de monja!
La mar és ben a prop; si no hi só decandit
de frescor, ben perdut en el seu jaç humit,
mai no s'apaga
en el cor ni el sentit
el descabdellament indefinit
de la ressaga.

Casa amb un pou de grinyols repatanis
i de captiu i dolorit esguard;
amb tes dàlies del temps de Felip IV
i tres geranis:
per molt de temps va haver-hi en tu
déus i deesses de peu nu.
De gent ex-botiguera la Fortuna
ara t'ha fet estatge: jo els sento des d'aquí
distrets amb una caixa de música i amb una
màquina de cosir.
A gratcient, però, mon esma esgarriant,
jo de l'eixida veig en el mur esclatant
xarxes i rems, i un tros d'antena
escàpol d'un naufragi, plantat com una ofrena,
i pesca d'ara que regala
(exquisides colors de peixos ignorats,
mirallejant per tots costats),
i dins un vell tupí set lliris d'una cala.

## *EL SOL A MUNTANYA*

El sol que a la ciutat ara ens consumiria,
dels plecs de la muntanya se n'és amorosit.
No es deixondeix encara que el gall ja l'anuncia;
per saludar-lo troba clavells al negre ampit.

Tothom al tros l'espera quan ell desfà la nit,
i tot de brins i fulles li donen el bon dia;
abelles, mosques d'ase per ell s'han revestit
de tota llur diversa i folla pedreria.

És el bon sol que aplana qui puja per drecera,
és el bon sol que mira pel mig de la gatera;

és el bon sol que escampa, fressoses, les gallines,
i mou sota les branques randes de llum divines

i fa l'ullet, quan ve migdia, a aquell racó
dels ametllons i el ventre topazi del porró.

## *PLENILUNI DE JULIOL*

Vetlla l'angúnia, darrera
el balcó de bat a bat,
i la lluna és presonera
d'un poc de vel encantat.

La nit sense esma camina;
per un cinyell blanc, molt fi,
a l'horitzó s'endevina
l'inexorable matí.

Com el falziot de dia,
ara només fa sa via
la ratapinyada. Car

no es mou la pineda clara;
i cap folleig no despara
el vast llençol de la mar.

## *OH SERENA DE LA MAR...*

*Oh serena de la mar,*
*ara que la gent reposa!*
L'estimada que jo tinc
és a l'altra part de l'ona.
Una nau que se n'hi va
lletra meva ja li porta.
Passarà tota la mar
amb la meva lletra closa.

Trobarà la meva amor
que es passeja per la costa:
—Del bell cor enamorat
us portem una penyora.—
Si la carta llegirà,
en seria tremolosa.
—Blanca sou com el paper
i teniu un mot al rostre;
vós vinguéssiu a la nau,
que seríeu la resposta.

## *ELS TRES ALTARS*

### *El Pou*

El pou és un altar de l'aigua, no ferotge
presó. I és un cloquer trabucat, que en el fons
una rotllana serva d'atzur, tímid rellotge,
on passen els estels i les estacions.
Aigua, tu fores núvol i neu: de tes batalles
vols reposar; llavores una galleda et ve,
et bufeteja, s'omple d'un glop, i les sobralles
en cauen més sonores que no el metall guerrer.
I tot és que volem ta companyia clara
i que desempalleguis de son la nostra cara
i del sedent espurnin els ulls a ta frescor;
i tos esquitxos amen els nois i les fadrines,
com el cargol que ronda les teves perles fines
i les falzies, nades d'un poc de ploricó.

### *La Finestra*

Jo t'he cenyit de roses i et besa el sol que es lleva.
Com és sagrat ton culte, finestra, altar del vent!
Alhora que embranzida hi pren mon pensament
mos braços es refermen al mur de casa meva.
De dies, tota oberta, ets com una rialla;
de nit, si al teu darrera hi ha un llumenet que llu,
hom sent entre la fosca que els éssers embolcalla
tot el desig de l'ombra que puja cap a tu.
Oh vent, agita encara el pols de mes diades!
Ma casa és casa teva, no hi tustaràs debades;
com a bandera blanca veus la cortina ací.
I porta dins l'heroica salut de tes bursades
la salabror marina i la fortor del pi
i pol·len de mil somnis a mon cansat coixí.

## *La Llar*

Dels avis i besavis du dol, car no és ingrata
la llar, altar per segles del foc sempre novell.
Alegra-la, minyó del vestit escarlata
que danses amb la fosca prenent-la pel cinyell!
Oh foc, per més que servis el teu secret diví,
tens el familiar posat de nostres coses;
igual que el ca fidel t'aclofes a les lloses,
o, esprimatxat, t'estires amunt, igual que un pi.
De cop espeternegues, tot comunicatiu;
en un garbuix magnífic sobtadament et gires
als allunyats racons, a l'hoste més esquiu.
I fins esternellat, finat, a tots inspires:
als joves que es dispersen menats per tes guspires
i als vells que, immòbils, copsen la vida en ton caliu.

*EL RETORN AL POBLE*

M'hagués llevat l'esguard una espasa roenta
jo reconeixeria encara, poble meu,
tes cases, per l'olor de l'encens la de Déu
i la del moliner per una olor de menta,
i per l'olor del pa sabria quina és
la casa de cada un dels tres flequers,
i tot flairant l'espígol que es torç damunt la brasa
diria: —Só a can Po, de vint anys ha malalt—;
l'olor del socarrim trairia la casa
del manescal.

Si un filtre m'hagués pres la meva recordança,
vingut ací que fos esgarriat, de nit,
a ma orella els carrers farien un gran crit:
—jo só la plaça vella on tot el poble dansa,
—jo aquella de les botxes, tan plena de brogit,
—jo só la cantonada
on, roja del ponent, vingué l'enamorada,
—jo el carrer del safareig,— jo el carrer del mercat,
—jo aquell de la taverna, tan negre i mal girbat,
—jo só el camí reial de tanta de requesta:
eres petit, petit; ton pare, cada festa
dins la sàrria de l'ase, que bramava sos dols,
et portava a la vinya, per mos blancs giravolts.

Si una malaventura m'hagués llevat el seny
a les ciutats lluentes on tot és traidoria,
em voltaries l'ànima, oh l'incapaç de reny!
I ta dolcesa m'acompassaria:
jo escoltaria el bon
ocell que canta i el molí de vent que gira;
i perdria mon esguard l'astorada guspira
i el remoreig de fulles em tornaria el son;
enfront de cada terme, enfront de cada espona
jo sentiria un tros de nit que m'abandona;
a cada mata, a cada roc de mon camí

prou ressuscitaria una esma antiga en mi.
I, aprés d'haver segut en un redós daurat
a prop del rierol que llisca entre quintanes,
m'alçaria tot sol, nu de fantasmes vanes,
i somriuria de mon dany passat.

*ARTS DE BRUIXERIA*

S'obscureix el brancam; l'aigua divina
s'ha trasbalsat misteriosament.
El cel es va esmortint, l'aire és planyent.
L'aigua em fa por, botzina que botzina.
Oh qui sap quines coses endevina,
dardant l'esguard, en aquest trist moment
que una mica de sang del cel rogent
fongué en sa fosca que com serp camina!
Ja de llavors ençà m'apar que crida
al dia, fill dilecte de la vida,
que s'entela d'un hàlit taciturn.
Veig l'ull negre de l'aigua entre les branques.
El dia, que té encar espatlles blanques,
mig cos enfonsa en el xipoll nocturn.

## *CAPVESPRE DE JUNY*

Sota un cel blau, de seda ben tibanta,
camino enmig dels prats i els castanyers.
Canta una font a vora meu i canta,
lluny, la campana, en un benigne bres.

Maria al món el seu esguard decanta:
aqueixa és l'hora que Jesús hi és,
i el cel davalla a nostra humil complanta,
i dolçament, intima amb els carrers.

Canta la merla en el pollanc més alt.
Oh com és dolç el si de l'Eternal!
Per què n'han perdut l'esma nostres vides?

En piadosos, ignorats eixams
els àngels del Senyor broden els camps
de gladioles i de margarides.

## *DANSA*

Quan de les ombres i les estrelles
comença, tímida, l'esgarrifança,
    les joves camperoles
    teixeixen una dansa.

Al volt de vies esborradisses
i entre les feixes tan violetes
    ja un oratjol aviva
    secretes animetes.

Llavors les brunes —que coltellaren
braçats de messes, del Sol imperi—,
    del gran descans amplíssim
    rebugen el misteri.

Par que esdevinguin d'or i de púrpura
sota la pòstuma solar carícia,
    i es corben i es despleguen
    amb rústega malícia.

I bé remembren avalotades
d'amor follívola les curtes sestes,
    sentint al cos que dansa
    pessigolleig d'arestes.

## *EL RAIG DE SOL*

Hi havia cada dia
un raig de sol que t'esperava aquí,
i em feia companyia
amb un dolç aire de venir per mi;
dava un reflex al sostre
com un aiguatge de mil ulls movents;
en un joc de cristall s'emmirallava;
tots els seus grans de pols eren contents.
Durava encar, encar... De ta cadira
al peu, ja començava de dubtar;
a pleret cada porta resseguia,
dissimulant que s'estirés enllà.
Era tan viu, que em creia de sentir-hi
el borinot que brum:
mos ulls deixaven aviat el llibre:
em coïen de llum.
Lent, decebut, el raig de sol partia,
i jo, tombat, li endevinava, ullcluc,
aquella cara tota seriosa
que fa als enterraments, greu i feixuc.
De cua d'ull —era amb despit o amb pena?—,
diagonal, em contemplava el raig;
i feia un salt enfora
abans de dir: —Me'n vaig.

## *MAR DE DIUMENGE*

Déu meu, aquest encantament suau
del pèlag blau
en un diumenge, amb l'aigua aquietada,
com ungida per l'oli de la pau
mostrejada tot just i acanalada!

Per què no coneix l'ira? I a on mira,
modesta i radiant?
Ella l'espatlla gira
als ports on tants d'enginys van grinyolant,
plens de tresors i de bellugadissa,
guarnits de banderetes de colors:
tota ella, vasta, immensa, oeix la missa
d'algun poblet perdut de pescadors.

Dintre l'esglesiola de rajola
l'olor d'alga a Sant Pere va a refer.
Jesús predica dins la barca. Vola
una gavina sobre el vell cloquer.

Tot compungint sa gran mirada clara
la mar espera encar;
i eixint, del nàufrag l'endolada mare,
plena de cel perdona avui la mar.

## *A UN GRIPAU*

Gripau, cosa esguerrada que fuig d'un cop de peu,
l'horror de tu mateix belluga ta parpella;
els raigs del sol, pels altres són goig i meravella,
per a tu són sagetes de menyspreu.

Al safareig, encara, la vella tafanera
diu astorada tos malvats intents;
que tes mirades àvols, gripau, tenen mengera
potser de bruixeries, potser de gastaments.

Mes ve la nit, que és dolça amb la lletjor. I fins
—entre la son i els somnis que encisen els camins—
ja neix, oh escopinada del diable,
d'una riuada immensa de pobres cors mesquins
una bellesa única, innombrable.

La gent, abans t'hauria matat, perquè els espantes,
mes ara tu conhortes els caminants porucs;
qui sap si arribaries a fer-te bell, quan cantes
tot refiat, ulls clucs.

Sona la teva flauta serena, sense dol;
cau ton despit com una passada desapresa,
i et sents en ton espaume tot ple de gentilesa
com l'herba dins la pluja o el gira-sol al sol.

*PORTA D'HOSTAL*

El gran ressol de la deserta via
mos ulls acluca. Mentrestant un home
pica la grava; i és la vida seva
que està picant. Festeja la donzella
sota una parra tota empolseïda:
acuita son engany el tomb de l'hora.
En veig un de dormint, amb una sàrria
davall el cap: una catxutxa amaga
el son pregon que sa diada escurça.
Gent temporal! Jo, l'home de la vila,
de diferent accionat i parla,
gusto, parat, el tedi, l'únic filtre
per allargar la nostra vida inútil.

## *CANÇONETA INCERTA*

Aquest camí tan fi, tan fi,
  qui sap on mena!
És a la vila o és al pi
  de la carena?
Un lliri blau, color de cel,
  diu: —Vine, vine!—
Però: —No passis!— diu un vel
  de teranyina.

Serà drecera del gosat,
  rossola ingrata,
o bé un camí d'enamorat,
  colgat de mata?
És un recer per adormir
  qui passi pena?
Aquest camí tan fi, tan fi,
  qui sap on mena?

Qui sap si trist o somrient
  acull a l'hoste?
qui sap si mor sobtadament
  sota la brosta?
Qui sabrà mai aquest camí
  a què em convida!
I és camí incert cada matí,
  n'és cada vida!

## *HUMIL*

Oh dona, que camines només per corriol
i carrerany que semblen secrets de pagesia!
Mai a ningú encisares sota l'ull d'or del dia:
és d'escarràs ta feina i el teu vestit de dol.

Solcada, vas devora del solc. No hi ha oratjol.
L'aire és feixuc. Cap fressa saluda l'auba pia.
Si no muntés l'alosa, ton cor s'ofegaria.
Els ulls, però, no aixeques per a mirar-ne el vol.

Passes a peu un dia que el tros no et necessita:
vas, única grifolda, al cim on és l'ermita?
sis hores lluny, a veure algun nebot malalt?

No has pas estat amada, ni adolescent ni lliure,
mes quan ajups la testa pel plor o pel somriure,
tens una llum al rostre que et ve del davantal.

## *UN CAPVESPRE*

*A Ll. Bertran i Pijoan*

Un fumerol tot lent
s'alça de l'embruixada torrentera;
i en el turó que fou tot ple d'argent
les branques d'olivera
criden la nit amb gestos de serpent.

Dels alts fullatges els murmuris tendres
s'han tornat veu d'algun recel esquiu,
i del capvespre es colguen en les cendres
els pàmpols, sangonents com un caliu.

—Ai de qui se m'encari!—
fan, com tement paranys a llur davant,
les passes d'algun home solitari,
en l'empedrat camí tot ressonant.

I el pensament, abans que el dia mori,
vaga, d'ombres violes entre el doll,
vers on, daurat encar, un promontori
enfonsa en l'aigua fina son genoll.

## *A MUNTANYA*

Allí dalt de la muntanya
tot el bé de Déu hi tinc:
les roses de quatre en quatre
i els clavells de cinc en cinc,
l'estimada a la finestra,
l'ovella amb l'esquellerinc;

per rellotge, el sol que toca
a cada hora un greny d'afrau;
el pollancre per la fressa,
i l'alzina per la pau;
i per gaudi, cada núvol
ala-estès com una nau;

per jaç d'or una pallissa,
per llumenera un estel;
per finestra que no es tanca
un retall tot blau de cel;
i per criats que em despertin
un quiquiriquic i un bel.

Allí dalt de la muntanya,
tant en l'aire, tot hi és:
la riquesa ben colgada
perquè l'home la fangués;
l'alegria entre fretures
com rosada entre esbarzers;

la salut, entre l'orenga
i les flors de penical;
aterrat amb creus de palma
el dimoni en un fondal;
i Nostre Senyor devora,
estadant del pis de dalt.

## *CANÇONS DE LLOGARRET*

### *Ramats*

Hi ha un bell ramadet de cases
vall amunt, en un cantó;
hi ha un bell ramadet d'ovelles
més amunt, pel senderó;
hi ha un bell ramadet de núvols
al cim mateix del turó.

### *Idil·li*

D'ençà que va enamorar-se
de la font l'arbre del pont,
d'ençà que va enamorar-se
i la font li correspon,
que ell el cel només el mira
en l'ull suau de la font.

### *L'orgullós*

Dalt de tot de la muntanya,
sol, hi ha un pi de vell brancam;
dalt de tot de la muntanya,
i és més fort que el roquissam,
i menysprea el vent i l'àguila:
sap que ha de morir d'un llamp.

### *Anant a missa*

Pel caminet que es va a missa
quan comença a fer-se clar,
pel caminet que es va a missa
sempre hi ha un roser boscà;

damunt el roser hi ha un àngel
que alegra el cor del que hi va.

### *El pacient*

Devora l'ermita en runes
plora un fontinyol tot breu;
devora l'ermita en runes
no hi ha cap ocell romeu;
però el xiprer s'hi espera
per si tornen a alçar Déu.

### *Embadaliment*

Si ens embadaleix la rosa
o el cant de l'ocell joliu,
si ens embadaleix la rosa
sentim quelcom renadiu:
el pes del passat s'alleuja
i la mare morta, riu.

*IDIL·LI*

L'una de dret, com no tenint espera,
l'altra fent giragonses a l'atzar,
va la barqueta caminant pel mar
i la tartana per la carretera.

S'amara la barqueta volandera
de l'alè de les ones tant com pot,
i a la tartana, quan travessa el sot,
la frega un alt ramell de ginestera.

No encalça la tartana, a folles passes,
el Faune, amant d'aquelles dones grasses,
carregades de fruits i d'aviram?

Va amb la barqueta cap sirena blana?
Saluda un pi la barca i la tartana,
sol, entre cel i abís, pengim-penjam.

## *FESTEIG DOMINICAL*

Per no finir massa tost,
veuen, lents, les lentes hores.
Tots dos van pujant pel rost
d'un camí de les afores.

Al fons hi ha un cel amb divins
estels i clarors malaltes;
als dos costats uns jardins
tancats amb parets ben altes.

Sens consumar-ho (qui sap
qui pot venir, a la ventura)
a una espatlla cerca un cap
i un braç cerca una cintura.

Però no esfullen per joc
del bes la rosa vermella.
Van poc a poc, poc a poc:
llur voluptat és aquella.

Mes és per un tal desmai
d'amor anònima i pobra
que ixen estels a l'espai,
criada humil, trist manobre;
i munta un oratge fred,
més que de menyspreu, d'enveja;
i màgica miralleja
tota casa del Putxet;
i el riu de fina regor
s'argenta en la posta rosa;
i Sant Pere Màrtir posa
cent domassos al balcó.

## *NOVEMBRE*

La posta fou vermella,
ve el fred desavinent;
un núvol s'escabella,
entre els estels hi ha el vent.

I la fontana brolla
retorta fent extrems,
cridant com una folla
que sent que es muda el temps.

Hivern que ens estalones,
tanquem amb clau i pany.
De cap passant t'adones

i sents només el plany
interromput a estones
de l'últim grill de l'any.

## *EL MEU BALCÓ*

No hi ha al món cosa tan pura
com és ara el meu balcó.
D'un bell núvol que es trasmuda
hi he rebut la il·lusió,
d'un ocell una esperança,
i d'un lliri, mon perdó;
i si al cel hi ha nuvolades
o hi ha gent al carreró,
d'un record de dona bella
jo me'n faig la serenor.

## *FRED*

On és? Fa molt fred.
Diríeu que glaça.
Una dona passa
per un caminet.

Una recolzada
l'engoleix enllà.
Qui sap si és finada?
Mai més tornarà.

La neu ja no es fon,
la penya es fa musca
i l'última busca
ja no és en el món.

En el red contort
és tota aturada
l'aigua envidriada
com un ull de mort.

Els camps són transits.
Diu l'arbre en la via:
—Mireu ma agonia!—
I eixampla sos dits.

## *NEVA*

A saltirons cau la menuda borra
per la caseta, el marge i el pendís;
damunt la mar soliua, a penes corre
un moviment tot encongit i gris.

Darrera un turonet d'arena fina
tocant a l'aigua, quin sobtat encís!
Un floc de neu rep ànima divina
i, lent, s'enfila sobre el món tot llis.

Munta, gavina! Tota esquiva i lleu,
de borrallons ton cos gentil es féu
si en ton noble esperit la mar traspues!

Nada mig de la mar, mig de la neu,
vols cloure't en ton somni, i un adéu
les teves ales fan a totes dues.

## *APARADOR DE JOGUINES*

Nines, tabals, cornetes, i gonfarons i nines.
Aquestes són joguines per a jugar-hi els nins.
Davant, els ulls encesos dels nins, les galtes fines.
Aquestes són joguines per a jugar els destins.

## *VOLTS DE NADAL*

*A J. M. Junoy*

El fum de cada casa és com una encantada
columna; el sol somriu i no gosa esclatar;
al cel s'hi empereseix dolcíssima ramada
i vent i fred s'ajeuen del món en el llindar.

Ni es mou, mentre s'encenen els fruits de l'arbossar,
el pi, tothora jove, de gràcia ben cossada;
als morres de la mula i el bou lluu la rosada,
i el bell encens que en brolla mig no se'n vol anar

Un àngel posa avui, invisible en son vel,
una mica de gust d'infantesa i de cel
al mató de la plata i la mel de la gerra.

Els núvols passen baixos, amb endemigs de blau:
de sota els arbres puja, brandant, boira suau:
es mesclen els alens del cel i de la terra.

## *CANÇÓ DE NADAL*

Branca rompuda pel vent espectral
—un dia plena de fulles i rama!—
dóna la flama, la flama, la flama:
no la de negra foguera del mal,
sinó la flama del foc de Nadal.

Tu, vent geliu, geni alat que somica,
no portes rúfol missatge del mal;
vora la llar fas un poc de musica
en tot forat assajant una mica
els flabiols de la nit de Nadal.

Balba enyorança, nafrada recança,
entre la nit els estels van mostrant-se;
ah, no us pertoca de caure al fondal!
Sinó d'aprendre la dansa, la dansa
d'àngels i sants en la nit de Nadal.

## *LES GATOSES*

Salut, gatoses clares, or de l'hivern, ginesta
del fred! És per vosaltres que dura encar la festa
a la muntanya nostra en els cruels matins
que hi ha agulles de gebre enmig de les dels pins.
Vivor de les sotades i goig de les dreceres!
La flor de l'arç, encara us trobarà enciseres.
Punyiu el fred, vosaltres, quan s'arrauleix l'espai,
i al foc ningú faria espeternec més gai!

## *INVITACIÓ DE FEBRER*

La sargantana es mou, devés
la fina esquerda;
mig s'han posat els ametllers
gonella verda.

A vila, avui, gent follejant
de cares blanques,
flocs de paper cabdellaran
damunt les branques;

faran, minyons d'aire estantís
i humils deesses,
veus d'aviram, sota l'encís
de les disfresses.

Oh vine, vine amb el teu seny
i amb la teva esma;
puja quieta pel pedreny,
dolça Quaresma!

Oh primavera de Jesús
que als cors espleta,
i apars als homes un refús
de tan secreta!

Tu que tens pau als horitzons,
tu que dus mel a les entranyes,
tu que ets morada com el fons
de les muntanyes!

## *DIMECRES CENDRA*

Per l'oreig del fi comprendre
nostre flam és apagat;
nostre goig es torna cendra
i dolor nostre pecat.

Qui la cendra volgué prendre
i el seu cap n'hagi marcat,
trobarà com ella engendra
pensaments d'eternitat.

Amo ta polsina tendra,
cendra del Dimecres Cendra,
cendra de la pietat;

cendra pàl·lida i divina,
viva cendra que germina
en el seny humiliat.

## *QUARESMA*

Aquesta vella de mirada clara
dels ulls tan dolços, el vestit polit,
em diu: —He conegut la teva mare
quan pregava per tu, que eres petit.
Jo que he fet sempre mig de sagristana,
la veia en la capella, cor fidel,
alçant-te en son esguard de cristiana
per avesar-te al caminet del cel.
I ara ton plany de pecador no gosa
lliurar-se al Déu de ta secreta fe!
No tinguis por: jo et vinc a fer saber
que Déu, suau, vol una poca cosa.
Jo en vinc: no sóc una serventa? digues.
I tota jupa, amb el vestit lluent,
desvetllo les fulletes, les formigues
i la guspira del coneixement.
I més encara: jo, la testa blanca
que no ha florit de goig i joventut,
jo que sempre camino ran de tanca
i menjo dreta i en un plat romput,
sóc pabordessa d'una gran diada,
il·luminada pel Ressuscitat,
i et passo la bacina abonyegada
perquè hi posis un sou d'humilitat.

## *PROCESSÓ A L'ALBADA*

Entre dolces cantarelles,
quan encara no s'hi veu,
van duent Jesús en creu
pels carrers de cases velles.

Mig es fonen les estrelles.
Par que dormi el Nazareu.
Mes, de cop, la mar l'atreu.
I dessota les parpelles

sos esguards són renadius.
Es dilaten sos badius
a un perfum de violetes.

I sos braços d'encisat,
són talment de bat a bat
per cridar les orenetes.

## *DIVENDRES SANT*

L'oratge s'adormissa
i el cel és apagat.
Ocells de la bardissa,
no desvetlleu l'Amat.

Els pobres ulls són lassos
quan l'horabaixa es fon,
i han fatigat sos braços
tots els pecats del món.

La llum se n'és anada
del rostre sangonent:
sa joventut passada
com una rosa al vent.

Cloïa les parpelles
al capdamunt d'un rost,
de cara a les estrelles,
clavat en una post.

L'oratge s'adormissa
i el cel és apagat.
Ocells de la bardissa,
no desvetlleu l'Amat.

## *CAP DE NÚVOL*

Per què mon esguard s'afanya
dins aquest silenci estrany?
El clap d'ombra a la muntanya
sembla un terrible averany.

No hi ha, en l'oberta clarícia
del lluny ciutadà, gentil,
alguna cosa fictícia
que en fa la claror febril?

Anar corrents em pertoca
de la tempesta encalçat?
No es destria ja en la roca
un déu ferest i oblidat?

No; tot és que, al cel pregon,
blau, rentat, atansadíssim,
un blanc torterol es fon
desitjant que el compadíssim.

## *PLUJA D'ABRIL*

Esquiva a l'aire gris, als verds magnífics,
cada oreneta baixa a l'aigua, lleu:
el riu n'és tot escrit de jeroglífics
que diuen: —Aigua per l'amor de Déu.—

Dels núvols folls, escabellats, darrera,
no sé com és que hi riu la llum, però:
i cada fresca fulla de figuera
suara eixida al branc, sembla una flor.

Vejam si al vespre a mon desig t'atanses,
damunt la topadissa de les llances
de pluja, sola o amb un sol estel,

de mon lilà convuls rebent la flaire,
lluna d'abril, finestrejant al caire
de la tempesta, en un racó de cel.

## *A UNA ORENETA*

Ofeguen els teus xiscles d'alegria
el mot inútil i la vil cançó;
i tes ales, ja prop, ja en llunyania,
frenètiques esborren la lletjor.

# *Les adreces*

## *LA NAIXENÇA D'UN NOI*

Eulària, noble dama,
és reposant al llit;
hi ha vora seu la fosca,
la pau i un feble crit,

Les coses de la casa
amb un llenguatge mut
es parlen del misteri
i la dolçor que ha dut.

—Un altre —diu el sostre—
que no em serà constant.
—Un altre —diu la llinda—
que em deixarà cantant!

Ell, que m'ignora encara
—diu el roser flairós—
escamparà mes roses
sota un cabell tot ros.

Dins ses humides nines
medita el gos, content:
—No tindrà por de l'ombra,
farà fugir el dolent!

I en l'alta nit profunda
hom sent el gall cofoi
que diu a les estrelles:
—Cocorococ, és noi!

## *A UN NIN QUE MORÍ*

Guspireig que munta,
borrissol que cau,
han vist l'animeta
pujant al cel blau,
si encara no feta
al món barroer,
mig desavesada
del cel d'on vingué.
Tebior de mare
sos ulls condormí;
llum a la finestra
els hi féu obrir.
Els seus llavis pàl·lids
m'han dit un secret:
va aprendre a somriure
plorant sens retret.
Guspira més dolça
que el no-res perdut,
més lleu que la vida
que no ha conegut,
ja en un llit de roses
es gronxa diví
on va la rosada
que es fon al matí.

## *EN UNA DIADA ONOMASTICA*

Faune, dedica un sostingut de flauta
sota de l'arbre mig esclarissat,
no pas al fontinyol, pel vent torçat,
ni al vol patètic de la fulla incauta,

ni al senderó, que amb graciosa pauta,
és blanc al bosc i fonedís al prat,
ni al cel tot fresc, ara mateix rentat:
més gran honor, Faune senzill, escau-te.

Amb el teu sostingut, en aquest dia
digues el goig i la malenconia
que en mon cor s'han vingut a confegir,

a qui encisa, pregant, la mallerenga
i escriu coses de Déu vora una orenga:
potser heu jugat un dia sota un pi.

## *EN UNES NOCES*

*A M. E.*

Ara que s'esparraquen les glicines
voltades del deler dels abegots
i es baden al roser les roses fines
i el saüquer floreix pels reguerots,

és el temps que En Martí sent sa paraula
resposta per a sempre sota el cel
i trobant-se marit, segut a taula,
veu gent mudada, com darrera un vel.

Adora aqueixa destra que elegies:
és rosa, lliri, gessamí florit;
lluna al creixent que té només tres dies
és l'ungla rosa al capciró del dit.

Més duradora, més amorosida
que la cintura lleu i el llavi roig,
es clou aquesta mà damunt ta vida:
és ton enardiment i ton estoig.

Acaten son voler totes les coses;
i bandejant-nos als pobrets mesquins
ella mana al plugim que badi roses
i al vent que les esfulli pels camins.

Sols això és veritat. Nosaltres ara;
amics, parents, som ombres a ton volt.
Aquesta mà dolcíssima i avara,
que amb un anell etern has fet preclara,
el cel t'acosta, si t'amaga el sol.

## *A UNA NÚVIA*

Prest —la caiguda
del dia és breu—
la porta encesa
et dirà adéu,

quan la muntanya
s'hagi adormit
i amb passes lentes
pugi la nit.

Goig i tristesa
et darà un bes
i esgarrifança
un llum encès,

i al cel, encara,
girant-te un poc
veuràs una última
ploma de foc.

Però la fina
rojor minvant
ni és tan sagrada
ni dura tant

com el dolcíssim
esclat vermell
que ha d'arborar-te
fins al cabell

ans que el nou dia
s'aixequi ardit,
rosa exquisida
d'aqueixa nit.

## *A UNES GLICINES PENJANT DAMUNT LA CASA D'UNS NUVIS*

Tot el mantell de glicines
que guarda vostres balcons
és ple d'abelles divines,
daurades confusions.

I canten les flaires fines:
—No es vegin els finestrons,
no mogui el vent les cortines:
el déu Amor és al fons.—

Jo arribo davant el clos
que serven les belles flors,
lassat dels camins dispersos.

Mes paro en el doll sagrat
el meu pensament daurat
que troba la mel dels versos.

*DE MARIA ANTÒNIA SALVÀ*

Quan té Maria Antònia alguna cosa bella
a dir, impacient se n'estremeix tota ella;
i aquella cosa vívida i un poc barbotejant,
s'escampa en un desordre que té l'encís d'un cant.

- Harmonia amb allò que l'envolta.
- No sap si viurà demà. Ho reconegut a tot el llibre i es reconeix pecador.
- 4 → sentit de negació. Reconeix l'existència d'aquestes 3 bondades
- 6 → frase externa connexió amb l'exterior.
- 7 → situació temporal: el moment, sortida del sol.

INTERVAL → entre dues dormides.

* Cant d'agraïment a la vida.
Actitut asserenada del poeta.

# *L'assenyament*

## *INTERVAL*

Obro els ulls. Quina pura calma!
Sóc a dins d'una verda balma.

—És la persiana qui ho fa.—
Visc. Qui sap si viuré demà?

Em recordo un pecat antic.
(Tan indefens, he estat inic!)

Oh, gràcies, Déu, per ta dolcesa
i per ta espera desatesa

i l'aura nova de frescor
damunt l'estòlid pecador!

Saltirona, al lluny, la tartana:
un dolç somriure m'encomana.

Tot just la mar s'ha coronat
de sos primers nimbes taronges,
desapareixo, d'un plegat.
Mos ulls, altre cop, s'han tancat.
La veu que ha dit: —Massa aviat!—
era l'àngel, el vent gemat
o la campana de les monges?

## *UNA CASA TANCADA*

Casa sense ningú, casa feresta,
és bròfec en la nit el teu desús.
M'has fet girar la testa.
¿Per què m'atreus i quin missatge em dus,

oh tu, negra amenaça redreçada
on cap finestra encesa no somriu,
tan tancada i barrada,
tomba immensa d'un atri sens caliu?

S'acala de ton ràfec la visera,
l'herba creix en el porxo taciturn,
ploren tos arbres en el vent nocturn
i xiula l'espitllera.

Tu, devastada de dolçors humanes,
sens cap memòria ni frisor gentil,
fóres, amb flors a totes les baranes,
casa de nuvis en un temps d'abril;

va haver-hi fresses a la teva escala
d'envejosos, d'amants, de tafaners,
musica i riures a la teva sala
i corredisses en els teus vergers;

ran de tos llibres vells la idea nova,
damunt la taula el vi de joventut,
i en el recer d'endomassada alcova
el llit gemegadís del goig hagut.

Gaudien, tos balcons, esbatanant-se;
tos llums, de nit, cridaven a l'estrany.
Però la Malfiança
passà el forat del pany.

Un cortinatge dens hom posaria
a cada porta, per a fer-hi nit,
i hi podria escoltar la Gelosia,
sufocant el glatit.

Eren els murs de tanca massa baixos,
els finestrals oberts massa arriscats.
El dubte dels servents tancà els calaixos.
La por dels lladres comandà els reixats.

Semblava, pel defora, cada passa
una incerta amenaça del carrer,
i semblava el silenci una amenaça
espera d'altra passa que ja ve.

Tot es barrava, al vespre, a consciència,
tement que no hi hagués, de l'ombra al mig,
les emboscades de la intel·ligència
i l'estranya escomesa del desig.

Van apagar-se, en el costum, els besos,
va néixer entre cauteles la buidor,
i ja van veure en solitud, opresos,
com un abisme l'esdevenidor.

Ells vigilaren sense defallences,
i tot ho cuirassaren; i a la fi,
ben enllestides totes llurs defenses,
els va fer por la casa, i van fugir.

## *EN COMPANYIA*

De tots dos habito al mig
i entre els dos no hi ha amistança:
l'una mà dono al Desig,
l'altra dono a la Recança.

* *

Cadascú diu meravelles
del jorn vivent o el difunt;
no sé de l'altra o de l'un
qui diu mentides més belles.

* *

El Desig i la Recança
fins han dat a mon verger
els somnis i l'enyorança
del que mai haguí ni hauré.

* *

I quan la sort m'era esquiva
m'han fet, en mon porxo clar,
plànyer el que no tornarà
o voler el que mai arriba.

* *

Tenen lluc de nigromàntics:
va a la mort tot el que viu,
més damunt el negre riu
fan passar veles i càntics.

* *

a la cosa no real, o la imaginació,
m'enganya

A les fantasmes em lliuren
al clar de lluna i al vent;
m'enganyen, però, talment,
no desaprenc de somriure'n.

conscient de que s'enganya i no s'hi creu perquè aquests mals li donen* força

Quan en sos vans aldarulls
mori qui em fa batre els polsos,
mos últims jorns faci dolços
la que amoroseix mos ulls.

DESIG. RECANÇA.

↓ humilitat.

2o GROP.

El poeta està en un context no real, entre dos extrems: ganes de fer coses / quan no haver fet alguna cosa. Formen part de la imaginació

4o Als pitjors moments els dos l'han ajudat

5. Interferència junta futur i passat

7- Quan sigui vell invocarà la recança, per les coses passades que no han estat i podrien haver sigut.

POSITIU EL D/R. Accepto el subjectivisme.

## *LES FULLES DE L'ABRIL*

### I

Oh fulles de l'abril, oh prometences
que feu ombres lleugeres pels camins!
Sembleu mig enyorances, mig temences;
mig voleu i mig no, com els destins.
Així som tots, en desgavell d'instints
gronxats entre desigs i defallences.
Qui cull el goig de les blavors immenses?
Els homes som migradament divins.

### II

Oh fulles de l'abril, oh cosa incerta!
No prou ombra ni joia ni fresseig!
Vida que tem, tot d'una que es desperta,
del vent que passa, del dringant rabeig.
En vostre dolç encongiment hi veig
la meva vida inútilment oferta
perquè el diví coratge la deserta
davant el do voltat de guspireig.

### III

I talment la cautela és endebades
i el mig voler no ens lliura de perill.
Fuetejades i socarrimades
també sereu, oh fulles —mon espill!
I de la terra el lamentable fill
mor de perduda bala, de vegades,
tot i haver-se ajupit a les marjades
per no ser sant o per no ser cabdill.

## IV

Fulles d'abril, de tota por joguina,
i jo, l'esma sens goig ni pietat!
En lloc de vida esclava i mort mesquina,
si el nostre cor s'hagués incendiat,
faríem prou en l'èter consagrat
l'interrogant de llum de la gavina
o de l'albatros la volada fina,
senyal heràldic de la tempestat.

## *POEMA DE LA CONTRARIETAT*

Te n'has sentit de totes,
oh Contrarietat,
tu, que la troca embulles
i trenques el filat,

i ran de la victòria
trabuques el guerrer,
i en la pujada entolles
el carro al carreter,

poses pinassa fina
en el camí insegur,
atures el rellotge
quan esperem algú,

el vestit nou esquitxes,
fas repetir el treball,
i petges invisible
la balladora al ball.

Fas ensopegadissa
la nostra ambició;
fins la virtut rondina
sentint el teu corcó,

a l'esperança tímida
malmenes en esquitx,
i buides les promeses
i aïres el desig.

Fan esgarips donzelles,
alcen el puny donzells,
reneguen els estòlids,
quan passes vora d'ells.

Mes jo que ara em recolzo
al fi pendís d'un camp
i que somric dessota
d'un arbre sens fullam,

m'aveso quan arribes
a fer-te un poc de lloc
i, si mos dits et troben,
a afalagar-te un poc.

Tu has ensenyat la traça
a tot allò que viu;
tu dónes la durada
a qui no t'és esquiu;

tu que potser empallegues
un caire mig obrat,
agences l'altre caire
que havíem oblidat.

Ja els ulls no em tempestegen
quan ets al davant meu,
oh fre, saó i estímul:
ironia de Déu!

## *CANÇÓ DE LA MUDANÇA*

Camí petit i seguit
en el món fa la Mudança;
res no mira fit a fit
ni amb odi no s'abalança;
és el conhort del petit,
l'amiga de l'Esperança;
s'emmena el dol i el brogit,
muda el turment en recança,
camina de dia i nit,
de dia i nit i no es cansa.

—Què és, doncs, el que fas,
  Mudança?
—No faig sinó un pas
  de dansa.

Tu fas la tasca tan bé
que ningú no t'endevina;
al teu costat és groller
el fil de la teranyina;
tu dius que tot s'esdevé
i a l'endemà que tot fina;
per tu reclòs no seré
dins una vida mesquina,
ni enyorós de cap plaer
ni sorrut que s'enverina.

  De tu jo vull ser
    joguina.
  També dansaré,
    divina.

És tan bell el teu dansar
que mou l'arbre, el cel, les ones!
Nostre dia jovençà
només riu si tu el corones.

Un dolç anhel fas brollar
de les més ertes estones;
per no sotjar-te caldrà
jeure a les fosses pregones;
daures el jorn que se'n va;
la nit, cantant, estalones.

L'enuig, el lluitar,
les fones,
amb un riure clar
perdones.

Qui acabaria de dir
els teus presents, oh Mudança?
Em fas lliure fins de mi
i tot u en la recordança;
a mon pobre cos mesquí
dónes abric i alleujança;
en mon noble foc diví
hi ets l'oreig i la frisança:
la Mort em faràs venir
i la Benaventurança.

Sona, si ma fi
s'atansa.
Sona, violí
de dansa.

## *CANÇÓ DE LA QUARANTENA*

Cepat, Déu me val,
mig dropa l'esquena,
m'aturo al portal
de la quarantena.

En ma gorra bruna
dues flors hom veu:
el desig és l'una
i l'altra el menyspreu.

Però ni só tendre
al desig, ni em donc
al menyspreu: flors cendra,
quasi les confonc.

D'altres, tot aptesa,
en ésser als meus anys,
per heure riquesa
planten els paranys;

hi ha qui a prop congria
llavis infidels,
o son nom somia
escrit amb estels.

Jo no em moc, ni esbronco,
ni res no em fa al cas;
sóc un hereu conco,
tot sol en son mas,

i en ma cuina, sota
la biga de pi,
miro com s'esgota
el meu got de vi.

Quina solellada
ve de trascantó!
A tota mirada
roba el meu racó.

Una estranya força
sento que és en mi,
però no vull tòrcer
cap a mon destí

el vellet que es glaça,
tot rondinaments,
ni el jovent que passa
amb els ulls ardents,

ni el poder, taujà
arlot de barriada,
ni l'anomenada,
que ens ensenya en va

una mitja malva
de finíssim punt
que tresca i es salva
escaleta amunt.

Rebo sens follia,
deixo sens extrems,
la parenceria
dels homes i els temps.

Flairo, a mitjan viure,
un poc de virtut,
i aprenc a somriure
quan só decebut.

Sota l'ígnia ratlla,
veig la gent que es mou.
Jo, arronsant l'espatlla,
penso que faig prou.

## *L'HOME QUE FA GIRAVOLTAR L'ESPASA*

Aquest matí
passà davant la porta de ma casa,
tot fent camí,
l'home que fa giravoltar l'espasa.
Va reüllant ací i allí,
la sospita l'encén com una brasa:
que no sap quin veí
l'ha de ferir.
Al fat implora, maleeix, pregunta,
la dèria que l'empeny.
L'espasa és rovellada i no té punta,
i l'home no té seny.

Fins en el cim que solitari llu
o al mig de la rossola tota rasa,
l'home va fent giravoltar l'espasa
sol contra tots i sol contra ningú.

## *TEMENÇA*

El carro, ple de sol, no sap que deixa,
rerassagat, un gran senyal de pols,
ni sap el vent que son ahuc de queixa
de balma en balma es vagi fent més dolç.

Jo que distret he caminat debades
—i em cal anar vagarejant sens fi—
temo sentir què diuen mes petjades
quan jo sembla que en fugi en mon camí.

## *SANTA PACIÈNCIA*

Al maig, quan tot canta,
el cel era obert;
jo, per un incert,
hi he vist una santa
de vestit sofert.

Gris, sense pretesa,
era el seu gipó;
com una pagesa
duia un mocador,
amagant l'ardència
de son pur estel;
Santa Paciència
li diuen al cel.
Sa veu, tot i avara,
sembla un afalac;
sa pestanya clara,
la vora d'un llac.
I són adjutori
de mil pensaments
els fusos de vori
de sos dits atents.
Amb traça d'amiga
i amb seny conegut,
desentortolliga,
nua el fil romput,
cabdella la troca,
descabdella el fat.
Allò que ella toca
no sembla tocat.
Sense fer mai nosa
tot ho acondueix.
Cap jorn no reposa
i cap no es deleix;
i, tot i els obstacles
del món insolent,

ella fa miracles
i es torna sabent,
i amb sos tímids signes
aterra el tirà.

Com els ulls benignes
del farigolar
és somorta i pia;
dolça com poncem.
Com Jesús un dia
a Jerusalem
ella, saludada
pel llor benastruc,
féu al cel sa entrada
a cavall d'un ruc.
Ella l'amatenta
del gipó tot gris,
és una serventa
en el Paradís;
els fogons atia
de Fe i Caritat;
escombra la via
de la Castedat;
ajusta el recapte
dels herois divins;
va fent el dissabte
dels pecats mesquins;
del Zel encoforna
les runes, i ha dut
el brou que retorna
a la Fortitud.

Santes, n'hi ha tantes
ara, a son redol!
A totes les santes
va moure el bressol.
I entre les que estan
en l'Alta Presència
cap de tan semblant
a l'Omnipotència.

## *EL CASTELL DE L'OBLIT*

Vora la mar hi ha el castell de l'Oblit:
jo hi vaig vogant en una nit serena
i cau el doll d'aquesta lluna plena
damunt sos dracs i lleons de granit.

No hi ha un nom al portal, ni un ca contrit
que reti de sos ulls la humida ofrena.
El gran portal vers una nit ens mena:
sorda, abismal, petrificada nit.

És, però, de bell grat que vers la rada
angular vaig vogant. L'aura és calmada.
I em diu de sobte alguna estranya veu:

—Només sent un batec d'eixes estàtues,
qui tot dret, sense anells ni plomes fàtues,
puja amb l'ombra gegant de son menyspreu.

## *Suggeriments de treball*

1. Situeu *El cor quiet* en el conjunt de la poesia catalana de l'època.

2. Llegiu i comenteu les idees de Carner sobre la poesia catalana en general, i sobre la gènesi del poema, partint de les seves formulacions a *Teoria de l'ham poètic.*

3. Compareu el tractament d'algun dels temes centrals de *El cor quiet* amb els d'algun altre poeta coetani de Carner. Per exemple: la naturalesa en la poesia de Carner i Guerau de Liost.

4. Elaboreu una imatge moral del poeta a partir dels poemes on parla d'ell mateix.

5. Analitzeu els mecanismes de distanciament i d'objectivació emprats per Carner en aquest llibre.

6. Compareu «Una casa tancada», poema de Josep Carner inclòs a la secció «L'assenyament», amb «En una casa nova», poema de Joan Maragall publicat a *Seqüències.*

7. Partint dels poemes inclosos en la secció «Les estampes», comenteu l'ús i la tècnica de la metàfora i el símbol en el conjunt del llibre.

8. Inventarieu exhaustivament les formes mètriques i estròfiques utilitzades en el llibre. Remarqueu les variants de la forma sonet.

# *Taula*

*Títols publicats:*

1. Ramon Llull, *Llibre de l'Orde de Cavalleria.* A cura de Marina Gustà.
2. Pere Calders, *Aquí descansa Nevares i altres narracions mexicanes.* A cura de Joan Melcion.
3. Llorenç Villalonga, *Julieta Récamier i altres narracions.* A cura de Glòria Bordons.
4. *El conte des del 1939.* A cura d'Esther Centelles.
5. Narcís Oller, *L'escanyapobres.* Pròleg d'Alan Yates.
6. Joanot Martorell, *Tirant lo Blanc a Constantinoble.* A cura de Manuel Llanas i Ramon Pinyol i Torrens.
7. *Història de Jacob Xalabín.* A cura de Lola Badia.
8. Baltasar Porcel, *El misteri de l'alzinar i altres contes.* A cura de Llorenç Soldevila.
9. Miquel Martí i Pol, *Antologia poètica.* A cura de Pere Farrés.
10. Àngel Guimerà, *Maria Rosa.* A cura d'Antoni Carbonell.
11. *El conte de 1911 a 1935.* A cura de Maria Campillo.
12. *Curial e Güelfa.* A cura de Glòria Casals i Llorenç Soldevila.
13. Joan Maragall, *Visions & Cants.* A cura d'Enric Bou.
14. Josep Carner, *El cor quiet.* A cura de Lluís Calderer.
15. J. V. Foix, *Divuit sonets de «Sol, i de dol».* A cura de Manuel Carbonell.
16. *Poesia catalana. Antologia (1939-1968).* A cura d'Àlex Broch.
17. Ramon Llull, *Llibre de les bèsties.* Estudis introductoris de Jordi Rubió i Armand Llinarès.
18. *Narracions de ciència-ficció. Antologia.* A cura d'A. Munné-Jordà.
19. Jacint Verdaguer, *Viatges.* A cura de Narcís Garolera.
20. Joan Maragall, *El comte Arnau.* Estudis introductoris de Josep Romeu i Figueras, Arthur Terry i Joan-Lluís Marfany.
21. *El conte des de 1968.* A cura de T. Muñoz i Llovet.
22. Joan Oliver, *Allò que tal vegada s'esdevingué.* Estudi introductori, edició i notes de Pilar Puimedon.
23. *Quadre de costums urbans del vuit-cents.* A cura d'Enric Cassany.
24. Pere Serafí, *Antologia poètica.* Introducció, edició i glossari d'August Bover i Font.
25. *Antologia de contes modernistes.* Introducció, selecció i notes de Jordi Cartellanos.

26. Ramon de Perellós, *Viatge al Purgatori.* Estudi introductori, notes, apèndix i glossari de Jordi Tiñena.
27. Prudenci Bertrana, Josep Carner, Pere Quart, *Bestiaris.* Estudi introductori i selecció de Llorenç Soldevila.
28. J. Oliver, C. Soldevila, J. Vallmitjana, S. Rusiñol, E. Vilanova, *Cinc peces en un acte.* A cura de Teresa Muñoz i Lloret.
29. Miquel de Palol, *Camí de llum.* Estudi introductori d'Alan Yates.
30. Salvador Espriu, *Antígona.* Estudi introductori d'Alfred Badia.